LA LUNA EMBRUJADA

ANGELA CERVANTES

Scholastic Inc.

Originally published in English as *The Cursed Moon*

Translated by Abel Berriz

If you purchased this book without a cover, you should be aware that this book is stolen property. It was reported as "unsold and destroyed" to the publisher, and neither the author nor the publisher has received any payment for this "stripped book."

Copyright © 2023 by Angela Cervantes
Translation copyright © 2024 by Scholastic Inc.

All rights reserved. Published by Scholastic Inc., *Publishers since 1920.* SCHOLASTIC, SCHOLASTIC EN ESPAÑOL, and associated logos are trademarks and/or registered trademarks of Scholastic Inc.

The publisher does not have any control over and does not assume any responsibility for author or third-party websites or their content.

No part of this publication may be reproduced, stored in a retrieval system, or transmitted in any form or by any means, electronic, mechanical, photocopying, recording, or otherwise, without written permission of the publisher. For information regarding permission, write to Scholastic Inc., Attention: Permissions Department, 557 Broadway, New York, NY 10012.

This book is a work of fiction. Names, characters, places, and incidents are either the product of the author's imagination or are used fictitiously, and any resemblance to actual persons, living or dead, business establishments, events, or locales is entirely coincidental.

ISBN 978-1-5461-3412-1

10 9 8 7 6 5 4 3 2 1   24 25 26 27 28

Printed in the U.S.A.   40

First Spanish printing, 2024

Book design by Cassy Price

Para mis abuelos

1

LA TORMENTA

Una vez concluida la conversación sobre su futuro, Rafael Fuentes salió corriendo por la entrada principal de la escuela lo más rápido que pudo. La Sra. Cortez, su profesora de sexto grado, lo siguió. El chico fue directamente hasta el bote de basura y arrojó la carta que ella le había dado.

—Botar la carta no cambiará nada, Rafa —le dijo la mujer desde la puerta; su voz era amable a pesar de todo lo que acababa de decirle sobre sus malas notas, su actitud y el requerimiento de asistir a la escuela de verano—. Ya hablé con tu abuela. Ella lo sabe.

Rafa sintió como si le hubieran dado un puñetazo en el estómago. ¿Su abuela lo sabía? ¿Cuántas veces había prometido que le iría mejor en la escuela? Ya había perdido la cuenta. Echó una ojeada por el desierto patio de la escuela. Los demás chicos, incluido su mejor amigo, Jayden, ya se habían marchado de vacaciones, pero para él no habría descanso. Durante el verano seguiría yendo a la escuela y su madre saldría de prisión. Respiró hondo por la nariz, tal como le había enseñado la consejera escolar, y dejó escapar el aliento por la boca. *Inhala. Exhala.*

—Sé que tu mamá vuelve a casa y que las cosas parecen estar fuera de control —continuó la Sra. Cortez—, pero tú eres quien escribe tu propia historia.

—No cuando Nikki anda cerca —respondió el chico.

Nunca le decía "mamá" a Nikki, aunque ella fuera su madre. Hacía mucho tiempo que ella no se comportaba como una ni con él ni con su hermanita. Desde el día en que la arrestaron había comenzado a llamarla Nikki, la forma abreviada de su nombre, Nicole.

—Te veré en la escuela de verano, Rafa. —La Sra. Cortez le sonrió pacientemente—. Espero leer pronto otra de tus historias de terror.

La mujer entró y la puerta de la escuela se cerró detrás de ella.

Rafa no esperaba que el curso escolar terminara así. La única clase que había aprobado era Artes del Lenguaje, y esto porque la Sra. Cortez había aceptado que le entregara un cuaderno lleno de historias de terror para mejorar la nota. Le resultaba fácil escribir esas historias. Su vida entera con Nikki había sido una historia de terror. Podría escribirlas hasta con los ojos cerrados.

Nikki iba a salir de la cárcel anticipadamente por ser supuestamente una presa modelo. La abuela le había explicado que eso significaba que Nikki se había portado bien y que había mejorado en prisión. Había comenzado a tomar clases en línea en una universidad comunitaria, y hasta les había dado clases particulares a otros reclusos. Lo más importante, según su abuela, era que Nikki estaba ansiosa por demostrar que podía ser una buena madre. A Rafa nada de esto lo impresionaba. Su mamá les daba clases particulares a los reclusos mientras él reprobaba el año.

"¡Bien hecho, Nikki!", pensó.

Rafa no había visto a su mamá desde que la habían metido en un auto de policía cuando la arrestaron. Se había negado a visitarla en la prisión de mujeres que quedaba a tres horas de distancia. Su hermanita Brianna tampoco había ido a verla; siempre se quedaba con él. Su abuela le traía una carta de

Nikki después de cada visita, pero él se había negado a tocarlas, como si le pincharan los dedos y le sacaran sangre. No obstante, su abuela las guardaba, con la esperanza de que algún día él cambiara de opinión. El chico, por su parte, dudaba que eso sucediera. Nikki podría ser una presa modelo, pero nunca sería una madre modelo.

Se escuchó un trueno. Rafa alzó la mirada y vio una bandada de pájaros negros que cruzaban el cielo gris. Se abrió la sudadera, montó la bicicleta y pedaleó en dirección a la escuela primaria de su hermana. El sermón de la Sra. Cortez lo había retrasado. La profesora sabía que él tenía que ir a buscar a Brianna, pero eso no la detuvo. Simplemente llamó a la escuela primaria y les pidió que cuidaran a Brianna Fuentes durante veinte minutos más. Al menos su hermana sabía que no era culpa suya que llegara tarde a recogerla.

Al doblar la esquina, vio a la Sra. Kaplan, la asistente de la oficina de la escuela primaria, y a Brianna sentadas en los escalones de la entrada principal. Brianna tenía la cabeza, de cabello oscuro y ondulado, enterrada en un libro y llevaba sus habituales botas negras de estilo militar. Sin importar la estación ni la temperatura, la chica usaba esas botas a diario, y aunque sus compañeros se burlaban de ella por esto, no dejaba de hacerlo. Una vez le dijo a Rafa que usar esas botas la hacía sentir valiente, y él comprendió lo que su hermana había querido decirle.

Rafa frenó frente a la escuela con un fuerte chirrido de gomas.

—Bri, perdón por llegar tarde.

—Justo a tiempo. —La chica sonrió y cerró el libro—. Gracias, Sra. Kaplan.

La mujer se despidió de Brianna, y esta se levantó ágilmente, guardó el libro en la mochila y se la colgó a la espalda. La chica era bajita para su edad, y tenía una sonrisa pícara que la metía en problemas sin siquiera decir una palabra. Sin embargo, normalmente cuando hablaba era para decir algo importante que había aprendido.

—Casi termino el libro, Rafa. Es fascinante. —Se sentó en la parrilla de la bicicleta.

Rafa se puso en marcha cuando sintió las manos de su hermanita firmes sobre sus hombros.

—Se trata de una chica poseída por una serpiente fantasma —continuó Brianna—. Pero no es tan aterrador como las historias que tú cuentas. Las tuyas son mucho mejores. ¡Espera! ¡Detente! —gritó.

Rafa frenó de súbito, lo que los hizo dar un bandazo hacia delante.

—¿Olvidaste algo?

—¡El cartel de la escuela! —dijo Brianna señalando, y rio—. Ingenioso, ¿verdad?

El cartel decía:

RECUERDEN: ¡PATAS SIN GARRAS! ¡PASEN UNAS VACACIONES SEGURAS, PODEROSOS JAGUARES!

—¿En serio? Bri, ese cartel me parece un poco tonto.

—No es cierto. Es ingenioso. Me recuerda a ti.

—¿De qué hablas? —Rafa reanudó la marcha.

—Tú eres una especie de mamá jaguar para mí.

—Genial —dijo Rafa sin emoción—. Ese será mi próximo disfraz de Halloween.

Brianna se rio.

—Muestras tus garras cuando hace falta... Como cuando vivíamos en el refugio, ¿te acuerdas? —Brianna suavizó la voz—. En aquel entonces mostrabas las garras, pero ahora por lo general solo muestras tus patas suaves.

Desde que se enteraron de que su madre regresaría a casa antes de tiempo, Brianna había comenzado a hablar más de la época en la que aún vivían con Nikki. Cada vez que lo hacía, Rafa se ponía tenso y contraía la boca con tanta fuerza que a veces no podía hablar. No quería recordar el tiempo que había pasado entrando y saliendo de refugios, viviendo en el auto o en el apartamento de alguno de los supuestos amigos de Nikki. No quería revivir los días en que él y Brianna tenían que recurrir a códigos secretos cuando no se sentían seguros. Sin embargo, mientras él solo recordaba lo malo, Brianna parecía recordar solamente lo bueno. Rafa se preguntaba cómo podía tomar un recuerdo horrible y sacarle solo las partes alegres.

—Tienes cara de malo, pero no matarías ni a una mosca —continuó la chica—. Y cuentas las historias más horripilantes, pero siempre les das un final feliz. —Le tiró del cabello oscuro que él se había recogido en un moño.

—No juegues —refunfuñó Rafa.

Brianna siempre hacía lo mismo: lo ponía sentimental y hacía que se preguntara qué diablos haría sin ella.

—Si te caes de la bicicleta, me meteré en más problemas.

—¿Más problemas? —Brianna se inclinó—. ¿Es por eso que llegaste tarde a la escuela?

—No te preocupes ahora —dijo Rafa, reduciendo el ritmo del pedaleo al ver a una mujer parada en medio de la calle.

La mujer estaba de espaldas a ellos, vestía una bata roja larga y alzaba las manos hacia el cielo, que se hacía cada vez más oscuro. El viento le batía el cabello plateado.

—¿Qué está haciendo?

Brianna se asomó por encima del hombro de su hermano para ver mejor.

—Es la Sra. Martin.

—Lo sé, pero ¿por qué está en medio de la calle? —preguntó Rafa—. Es tan rara.

—No es rara —dijo Bri—. ¡Es excéntrica!

—Tú y tu vocabulario —dijo Rafa sonriendo—. Voy a ver qué le pasa.

—Ya te dije, solo muestras tus patas suaves.

—Déjalo ya. Solo lo hago para complacer a abuela.

—Como tú digas.

Rafa se acercó lentamente a la mujer.

—¿Sra. Martin? ¿Está bien? —preguntó con voz suave—. ¿Necesita que la lleven a su casa?

La mujer se dio la vuelta y pareció aliviada al verlos.

—¡Ay, Rafael! ¡Y la hermosa Brianna! ¡Aquí estás! Necesitaba hablar contigo.

Un gato color canela con manchas en forma de rosetas oscuras estaba sentado a sus pies, mirando a los chicos con ojos ámbar. El animal llevaba un collar dorado que parecía de cuero con gemas y un cascabel que brillaba. El gato movió las orejas y el cascabel tintineó ligeramente.

—¿De qué? —preguntó Rafa, estudiando a la mujer de cerca.

Solo había visto a la Sra. Martin unas cuantas veces desde que él y Bri se mudaran con sus abuelos. Durante ese tiempo, nunca la había visto con el pelo suelto ni sin gafas. Casi siempre parecía una señora seria y elegante, pero ahora parecía agotada.

—Quiero advertirte sobre la luna de sangre.

—¿La qué? —preguntó Rafa, confundido.

—Miren al cielo, mis niños. Se acerca una luna de sangre —dijo la mujer con urgencia en la voz—. Tu abuela se jacta de lo imaginativas que son tus historias, pero no debes contar ninguna historia de terror mientras la luna de sangre esté en el cielo.

Rafa miró en la dirección que indicaba la Sra. Martin, pero lo único que vio fueron oscuras nubes de tormenta.

—Es solo una tormenta —dijo—. Ya pasará, señora...

La mujer se abalanzó de repente y agarró a Rafa por los hombros. Se inclinó sobre él y se detuvo a pocos centímetros de su cara.

—Está escuchando. Está esperando tu historia.

Rafa se apartó.

—Cálmese, Sra. Martin.

La mujer lo aferró con más fuerza de la que parecía tener,

pero Rafa no notó ninguna amenaza en sus ojos, solo desesperación. La Sra. Martin dio un paso atrás inmediatamente y pareció comprender.

—No se puede agarrar a los niños así —la regañó Brianna, acariciándole suavemente la espalda a Rafa.

—Tienes razón. Lo siento —murmuró la Sra. Martin, retorciéndose las manos con tanta fuerza que Rafa casi esperaba que se arrancara los dedos—. Pero esto es importante... Por favor, nada de historias de terror esta noche.

Rafa miró a Brianna, que parecía tan desconcertada como él. ¿Acaso la mujer hablaba en serio? Respiró hondo. *Inhala. Exhala.* Entonces notó lo que realmente reflejaban los ojos de la Sra. Martin. No era desesperación, sino miedo. ¿Qué la asustaba? ¿Quién estaba escuchando y esperando su historia?

—Está bien —dijo, encogiéndose de hombros—. No contaré ninguna historia de terror esta noche. ¿Y mañana? ¿Puedo? Las historias de terror son lo mío en esta época del año.

—Siempre organizamos veladas de historias de terror en el portal durante el verano —añadió Brianna, y soltó una risita nerviosa—. Abuela hace palomitas de maíz caseras y todo.

—Lo sé todo sobre tus veladas de historias de terror —dijo la Sra. Martin—. Mañana está bien, pero debes prometerme que no lo harás esta noche.

Rafa vaciló y Brianna le dio un ligero codazo.

—Lo prometo —dijo el chico.

Brianna también asintió con la cabeza.

La Sra. Martin sonrió levemente y se dio la vuelta.

—Muy bien. Nada de historias de terror. Es más seguro así —murmuró, avanzando lentamente hacia el largo camino de grava de la entrada de su casa.

—¿Qué dijo ahora? —preguntó Bri.

—Que es más seguro así.

—Deberíamos asegurarnos de que entre a su casa.

Rafa no quería estar cerca de la Sra. Martin. Todavía sentía que lo agarraba por los hombros como un demonio que lo empujara a una tumba fría.

—¿Rafa? —insistió Brianna—. Vamos a seguirla, ¿verdad?

—¿Es necesario? —refunfuñó el chico, sabiendo que lo haría de todos modos porque siempre hacía lo que Brianna quería.

Respiró hondo por la nariz y soltó el aire por la boca. *Inhala. Exhala.* Pedaleó manteniendo la distancia por el camino de grava bordeado de encinos ya crecidos. La Sra.

Martin avanzaba tambaleándose, arrastrando la bata que iba acumulando hojas, tierra y guijarros. Rafa sintió que a él también lo arrastraban a alguna tontería sobre una luna de sangre e historias de fantasmas prohibidas.

Frenó cuando la mujer llegó al portal, en el que dos estatuas de jaguares de bronce de tamaño natural hacían guardia a cada lado de la entrada. El chico pensó que las estatuas eran geniales y muy a propósito, pues la Sra. Martin vivía con un grupo de gatos salvajes. La mujer se despidió con la mano y desapareció en el interior de la casa.

Rafa dio la vuelta a la bicicleta para marcharse. El gato de ojos ámbar estaba sentado en medio del camino, como desafiándolo.

—Ese gato me mira como si yo fuera su próxima merienda.

Brianna se rio entre dientes.

—Apuesto a que es un gato guardián. ¿Lo entendiste? ¿En vez de un perro guardián, tiene un gato guardián?

—Tonta. —Rafa sonrió.

En ese momento, un relámpago atravesó el cielo. El chico comenzó a pedalear y pasó con cautela junto al gato. Aceleró al salir a la calle. Se avecinaba una tormenta y sabía mejor que nadie que cuando el cielo se ponía oscuro sucedían cosas malas.

2

VIEJOS FANTASMAS

Cuando Rafa llegó al jardín de su casita el cielo era un manto gris que transformaba la tarde en noche. Otro relámpago sacudió el cielo justo en el momento que entraban al portal, liberando una cortina de lluvia.

—¡Ay, no! El gato ese nos siguió —gimió Brianna—. Se está empapando.

Rafa volteó la cabeza y vio al gato de ojos ámbar sentado en la acera completamente inmóvil, a pesar de las incesantes y gruesas gotas de lluvia.

—Ese gato es tan raro como la Sra. Martin —dijo el chico—. Están hechos el uno para el otro. Vamos, puedes contarle a la abuela sobre la Sra. Martin y el gato. —Abrió la puerta e hizo un gesto para que su hermana entrara a la casa.

—¡Abuela! —gritó Brianna, bajando las escaleras del sótano.

Rafa se quedó contemplando al gato y sintió pena por él. Tenía las orejas gachas y estaba totalmente empapado.

—¡Ven, gatito! —llamó, sacándose una barra de granola a medio comer del bolsillo de la sudadera.

El gato maulló, pero no se movió.

—Como quieras. —Rafa dejó varios trozos de granola en el portal, con la esperanza de que atrajeran al gato y saliera de debajo de la lluvia.

El extraño encuentro con la Sra. Martin lo había dejado inquieto, tanto que casi había olvidado su conversación con la Sra. Cortez. No sabía qué era peor: la Sra. Martin advirtiéndole sobre las historias de terror o la Sra. Cortez diciéndole que, de no mejorar las calificaciones, tendría que repetir el sexto grado. Odiaba esa posibilidad. Si eso sucedía, tendría que cambiar de escuela porque de ninguna manera volvería a la misma escuela que sus compañeros, que lo mirarían como si fuera un fracasado.

Al llegar a su habitación se quitó los tenis y los calcetines mojados y los cambió por un par seco. Luego regresó a la sala y se asomó afuera. Los trozos de granola y el gato habían desaparecido. Solo persistía la lluvia torrencial, que había convertido la calle en un río.

Rafa se puso a pensar en la advertencia de la Sra. Martin. No tenía ningún sentido. ¿Qué relación había entre una tormenta y una luna de sangre con contar historias de terror? Ya había contado muchas historias de ese tipo en medio de una tormenta. Después de todo, estaban en Missouri, y en los veranos aquí nunca faltaban tres cosas: luciérnagas, mosquitos y tormentas eléctricas. Además, Rafa tenía un cuaderno lleno de historias de fantasmas que pedían a gritos ser contadas este verano.

Desde que lo habían mandado a vivir con sus abuelos, Rafa había hecho amigos contando historias de terror en la escuela. El verano anterior, su abuela lo había animado a invitar a sus amigos al portal para pasar la noche contando historias. Ella encendía velas y creaba el ambiente, y el abuelo preparaba sus famosas palomitas de maíz, rociadas con mantequilla y sal. Todos bebían cerveza de raíz helada mientras Rafa contaba historias sobre niños que luchaban contra espíritus malignos, fantasmas viles y demonios sedientos de sangre. Ahora, en lugar de ser conocido como el niño cuya madre estaba en prisión, era conocido como el narrador de historias de fantasmas.

Así fue como él y Jayden Leal se hicieron amigos. Jayden también tenía once años. Su constitución era la de un jugador de fútbol americano, pero prefería conectar jonrones, y no ocultaba su sueño de convertirse algún día en un santo católico canonizado, como San Pedro o Santa Juana de Arco. En la escuela, los estudiantes de octavo grado lo llamaban "San Jayden de Grainsville" y se santiguaban al verlo pasar. A Jayden esto le encantaba. Y resultaba que a San Jayden también le encantaba ser aterrorizado. Había insistido en leerse de cabo a rabo el cuaderno de Rafa antes de que este se lo entregara a la Sra. Cortez.

Este tipo de amistad era nueva para Rafa. Antes de Jayden, Brianna había sido su única amiga, aunque no estaba seguro de que eso contara, ya que ella era su hermana. Cuando vivían en el refugio, resultaba difícil hacerse amigo de los otros niños que estaban allí. Cada vez que conocía a alguien, se mudaban o Nikki decidía que no podía seguir las reglas del lugar y los echaban. A esas amistades el chico las llamaba "amistades fantasma", pues aparecían y con la misma, desaparecían, haciendo que se preguntara si realmente habían existido. Ese era el tipo de amistad a la que Rafa estaba acostumbrado.

Casi esperaba que Jayden también lo abandonara en cualquier momento. Pero este se sentaba con él todos los días a la hora del almuerzo y lo invitaba a todas partes. Este año, lo había invitado a acompañarlos a un campamento con el que se iniciaba el verano en el vecindario. Todos los chicos dormirían una noche en una tienda de campaña bajo las estrellas, irían a pescar, jugarían voleibol y deambularían por el bosque. Y la mejor parte era que, por la noche, se contarían historias de terror sentados alrededor de la fogata hasta que tuvieran demasiado miedo para irse a dormir. Rafa estaba listo, pero para él lo más importante era que Brianna también podría ir. Sería su primer campamento y una oportunidad de ser niños normales.

Rafa se fue derecho a la cocina, donde su abuelo hablaba por teléfono. El chico lo saludó. Tras unos segundos, el abuelo se guardó el teléfono en el bolsillo con el ceño fruncido.

—Otro cobrador de facturas —dijo.

—¿Para Nikki? —preguntó Rafa, sacando mostaza y un paquete de carne fría del refrigerador.

El abuelo asintió.

Brianna entró a la cocina y se sentó a la mesa sin dejar de mirar el sándwich que Rafa estaba preparando. El chico exprimió la mostaza sobre el pan, le puso unas tajadas de carne y de queso y le deslizó el plato a su hermana.

—Quería instalarle un baño allá abajo a tu mamá para que tuviese más privacidad, pero no será este verano —dijo el abuelo, negando con la cabeza—. Y aún tengo que recuperar el piano de tu abuela de algún modo.

—Yo también estoy ahorrando —dijo Rafa, preparándose otro sándwich—. Brianna quiere aprender a tocar piano.

Durante el invierno, Rafa se levantaba temprano en los días en que caía nieve para palear las entradas de las casas, y en el verano cortaba el césped, todo con la esperanza de ganar lo suficiente para comprar el piano de su abuela, que lo había vendido para ayudar a pagar los honorarios de los abogados de Nikki. A veces, Rafa descubría a su abuela en el portal moviendo los dedos como si tocara un piano invisible. Se imaginaba que para ella no tener el piano era como para él no tener un bolígrafo o un cuaderno para escribir una historia. Y ahora le preocupaba que la escuela de verano le impidiera ganar dinero.

—Rafael —lo llamó la abuela desde la puerta del sótano.

Rafa apenas podía verla, medio oculta detrás de la canasta de ropa que llevaba. Su abuela era bajita como Brianna, y él las rebasaba a ambas en estatura.

—Abuela, no puedes subir las escaleras cargando cosas pesadas —dijo, apresurándose a quitarle la canasta y a ponerla en el suelo—. Podrías caerte.

—Gracias mijo, pero me tomé mi té verde esta mañana. ¡Estoy más fuerte que nunca! —bramó la abuela, como si fuera un toro.

Brianna le alcanzó un vaso de agua. La abuela se puso a beber, y Rafa se preocupó por lo que diría la mujer sobre la escuela de verano. Conociendo a su abuela, seguramente se culparía a sí misma por sus malas notas.

—Brianna me contó lo que pasó con la Sra. Martin —dijo la mujer, sacándose un pañuelo de la blusa para sonarse la nariz—. La llamé, pero no respondió. Iré a verla cuando pase la tormenta. Últimamente no es la misma. Aprecio que te hayas tomado el tiempo para asegurarte de que estuviera bien.

—Lo agarró por los hombros —dijo Brianna.

La abuela hizo una mueca y negó con la cabeza.

—No debería haber hecho eso. ¿Estás bien, mijo?

—Parecía asustada —dijo Rafa—. Me advirtió que no contara ninguna historia de fantasmas esta noche, debido a la luna de sangre.

Una expresión de alarma se extendió por el rostro de la abuela. La mujer miró al abuelo, que estaba escuchando.

—Pensé que ya lo había superado.

—Supongo que no. —El hombre negó con la cabeza.

—¿Superar qué? —preguntó Rafa.

—No es nada importante, pero como te gustan las buenas historias de terror, te la contaré. Cuando éramos niños, se decían muchas cosas sobre una tumba anónima que hay en el Parque de Grainsville. Se creía que si contabas una historia de terror durante la luna de sangre, el espíritu del difunto enterrado allí se despertaría y te perseguiría.

—Genial —dijo Rafa, enderezándose en el asiento.

—Bueno, ni tanto. La Sra. Martin tenía un hermano menor que murió misteriosamente en el parque un verano. Estamos hablando de la década de 1970. El chico tenía más o menos tu edad... tal vez diez años. Ella insistía en que su hermano había sido secuestrado por un espíritu maligno que acechaba el Parque de Grainsville. La familia abandonó el pueblo poco después de la muerte del chico. Ella regresó a vivir en la casa de su familia poco antes de que ustedes dos vinieran a vivir con nosotros. Me alegra que haya regresado, pero su comportamiento se ha vuelto errático. Fui a visitarla hace un par de días y la encontré usando una de esas ouijas de plástico para comunicarse con su hermano muerto.

—¿Lo logró? —preguntó Brianna.

—Por supuesto que no, mi vida. —La abuela le sonrió amorosamente—. Las ouijas son como las historias que cuenta tu hermano: no son reales. Son divertidas e inofensivas, y su objetivo es entretener. —Tomó otro sorbo de agua—. Y la luna de sangre no es más que un eclipse lunar. No hace que despierten los muertos.

El abuelo le alborotó el cabello a Rafa.

—Suena como el tipo de historia que escribirías tú, mijo. Tienes mucho talento.

Rafa esbozó una leve sonrisa. No sentía que tuviera talento. En este momento, se sentía decepcionado por sus calificaciones.

—En cualquier caso, iré a verla más tarde. Mientras tanto, hazme un favor, Brianna —dijo la abuela, alejándose de la mesa—. ¿Podrías poner la ropa limpia en mi cama y recoger tu ropa sucia mientras le muestro a Rafa lo que hice en su antigua habitación?

Brianna asintió.

—No vas a reconocer el sótano —le dijo a Rafa—. Quedó tan lujoso que parece de revista.

El chico asintió fingiendo emoción y siguió a su abuela hasta el sótano, que era a la vez cuarto de lavado y su antigua habitación. La abuela le había pedido que se la cediera a Nikki, y él había vuelto a compartir la habitación con Brianna.

—¿Qué te parece? —dijo la abuela, volteándose al llegar abajo con una sonrisa nerviosa—. No está tan mal, ¿eh?

Brianna tenía razón. La habitación lucía completamente diferente. Habían pintado las paredes de un blanco crema. La cama doble estaba cubierta con un edredón amarillo y cojines, y tenía una alfombra beige a los pies. Encima de la cómoda había una vieja fotografía en la que aparecían él, Nikki y Brianna recién nacida. En la foto, Nikki sostenía a Brianna en su regazo mientras Rafa, de tres años, se inclinaba para darle un beso en la frente a la bebé. La chaqueta de mezclilla y los capris blancos de Nikki la hacían parecer una muchachita. De hecho, la madre era todavía adolescente cuando los había tenido. Ambos niños habían heredado el cabello oscuro y la piel bronceada de su madre, pero los ojos color avellana eran los de un padre que nunca habían conocido. Rafa apartó la vista de la foto y la fijó en la pared, donde el póster de Ferrari había sido reemplazado por un tapiz enmarcado que decía: EL FUTURO NO ESTÁ ESCRITO.

—¿Y eso?

—Lo aprendí en el grupo de padres. Pensé que sería un buen recordatorio para tu mamá.

—Supongo. —El chico se encogió de hombros.

La abuela se sacó un sobre del bolsillo del suéter y se lo tendió.

—Mijo, tenemos que hablar.

Rafa bajó la cabeza, avergonzado.

—Abuela, lamento lo de la escuela. Realmente me esforcé.

La mujer pareció perpleja un instante, pero luego comprendió.

—No, no es *esa* carta. Hablaremos de la escuela más tarde. Esta es de tu mamá. Ella quiere...

Rafa alzó las manos como si fueran un escudo, deteniendo a su abuela a mitad de la frase.

—No me importa lo que quiera Nikki. Es una mentirosa.

La abuela se dejó caer en el borde de la cama y lo miró a los ojos.

—Es mi única hija —dijo con firmeza—. Quiero que le des una oportunidad. Su liberación es una bendición para nosotros. Está sobria, ya no consume drogas y quiere encontrar trabajo y volver a ser parte de esta familia. He orado mucho por esto.

El temor rezumaba por los poros del chico. Otra vez escuchaba esas palabras: la liberación anticipada de Nikki era una "bendición". Negó con la cabeza. ¿Por qué no podía su abuela ver que Nikki revolvería sus vidas y dejaría un desastre a su paso?

—Sé que esto es difícil para ti —continuó la mujer—, pero

por favor, considera que tu actitud hacia tu madre afecta a Brianna. Rafa, ella quiere a su mamá.

El chico negó con la cabeza.

—Ella nunca me ha dicho nada al respecto.

—No te ha dicho nada porque tiene miedo de que te enojes con ella, pero lee todas las cartas que Nicole le escribe. Hasta le responde.

—Nunca la he visto hacerlo —insistió Rafa, apretando los puños.

—Porque te lo oculta —dijo la abuela, tomando los puños del chico entre sus manos y abriéndoselos suavemente, dedo por dedo—. Respira.

El chico respiró hondo con enojo, no lentamente como le habían enseñado.

—Más lento —dijo la abuela, respirando con él esta vez.

Rafa frunció el ceño, todavía molesto.

—Escucha, Brianna te quiere más que a nada en el mundo. Si le dices que tu mamá no ha cambiado, ella te creerá. Si le pides que elija, ella te elegirá a ti. Piensa bien. ¿Es eso justo para ella?

Rafa quería gritar que nada de esto era justo y que todo era culpa de Nikki. Mudarse con sus abuelos era lo mejor que les había pasado a él y a Brianna. Durante los últimos dos años nunca se habían acostado con hambre, cenaban en una mesa, llegaban puntuales a la escuela y no tenían que llevar la ropa en bolsas de basura. No estaba preparado para que Nikki lo arruinara.

—No quiero que Brianna salga lastimada.

—Yo tampoco quiero eso. Soy la mamá de Nicole, pero también soy tu abuela. Mientras ella esté aquí, habrá reglas que tendrá que seguir.

—¿Qué tipo de reglas? ¿Puedo establecer algunas reglas para ella?

—Claro, si eso te hace sentir mejor.

A Rafa le gustó la idea de que Nikki tuviera que seguir reglas porque sabía que las rompería. Entonces se esfumaría de sus vidas tan rápido como reapareciera. La mamá fantasma. Solo tenían que aguantar él y Brianna durante un par de semanas.

—Adelantaron la fecha de su liberación para la semana próxima, es por eso que me he apresurado para arreglar...

Rafa dio un paso atrás, sorprendido por la noticia.

—Abuela, de ninguna manera. Tenemos el campamento.

Todo estaba sucediendo muy rápido. Rafa necesitaba más tiempo, aunque no sabía para qué. ¿Para trazar un plan de fuga? No estaba seguro.

—No te preocupes, ustedes irán a ese campamento. Cuando regresen, su mamá ya estará instalada. Esta vez no estarán solos. Estaremos con ustedes. Además, la Sra. Martin ha hecho arreglos para que la clínica de su familia cubra las sesiones de consejería y terapia familiar. Eso ayudaría, ¿no? Podemos hablar con un profesional...

—¿La Sra. Martin? —se burló Rafa, incrédulo—. ¿La mujer que juega con ouijas? —Ya había escuchado suficiente—. Abuela, Nikki nunca va a cambiar. ¡Vas a dejar que lo arruine todo!

Rafa subió corriendo las escaleras. Al llegar arriba, le envió un mensaje de texto a Jayden.

> ¿Está abierta la casa del árbol?

> Siempre

> Voy

> Hay tormenta.

> No me importa.

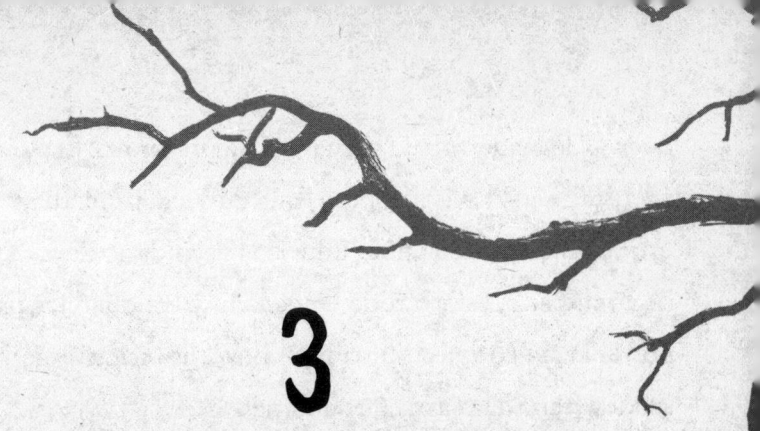

3

LA MALDICIÓN DE LA LUNA DE SANGRE

Rafa salió pedaleando a toda velocidad en la bicicleta sin decírselo a nadie. Los truenos retumbaban en el cielo, y el chico deseó haber agarrado el impermeable de su abuelo para protegerse de la lluvia, que sentía como cien látigos diminutos que le laceraban el rostro. Pasó frente a la casa de la Sra. Martin. Luego se dirigió hacia el parque. Este era un atajo hasta la casa de Jayden, que estaba ubicada en el próspero barrio de Parkside. Rafa tomó el sendero poco iluminado y pasó a toda velocidad por el área de juegos del parque, que de repente se iluminó con un rayo. Cruzó un puente de madera, bajo el cual corría un arroyo. El puente se adentraba en el bosque, pero Rafa giró a la izquierda y subió una loma empinada que conducía al vecindario de Jayden. Al llegar al patio, estaba todo empapado y le dolían las piernas por el pedaleo cuesta arriba. Apoyó la bicicleta contra el árbol y trepó a la casita que había en él.

—¡Diablos, hermano! Estás más mojado que el arca de Noé —rio Jayden, contemplándolo desde arriba.

—Me siento como si hubiera pasado por un lavado de autos —dijo Rafa—. Dime que tienes una toalla y una camiseta seca.

—Las tengo —dijo Jayden, entregándole una toalla de playa.

Rafa se secó la cara, las orejas, el pelo, la ropa y los zapatos lo mejor que pudo. Se cambió la camiseta mojada por una que olía a recién salida de la secadora. Se dejó caer sobre un puf, aliviado de no estar a la intemperie, pero sintiéndose mal por cómo habían quedado las cosas con su abuela.

Dos focos que colgaban del techo le daban a la pequeña habitación un cálido resplandor dorado. La casa del árbol de Jayden estaba escondida entre las gruesas ramas de un viejo arce y la entrada miraba hacia el bosque. Estaba amueblada con cuatro pufs y un banco que también servía para guardar suministros y refrigerios. En una pared había un póster enmarcado del equipo de béisbol favorito de Jayden y un crucifijo. En otra, había un letrero pintado a mano que advertía: ¡NO SE PERMITEN HERMANAS! Jayden tenía tres hermanas mayores, Nayeli, que estaba en la secundaria, y las gemelas Nora y Nilda, que estaban en séptimo grado. El bate de béisbol de la buena suerte de Jayden, al que llamaba San Homero, estaba apoyado en un rincón como si estuviera aburrido.

—Solo tú estás tan loco como para pasar una tormenta en esta casa del árbol —dijo Rafa cuando se escuchó un trueno.

—¿Y tú? ¿Montando bicicleta en la niebla y bajo la lluvia? ¿Qué pasó? ¿La escuela? ¿Tu mamá?

Jayden buscó en la nevera y sacó una lata helada de cerveza de raíz. Se la dio a Rafa y se dejó caer en el puf frente a él, extendiendo sus largas piernas.

—Todo lo que acabas de decir —admitió Rafa, abriendo la lata—. Me esperan cinco semanas de escuela de verano.

—Eso es mejor que repetir sexto grado.

—Y me mantendrá fuera de la casa cuando Nikki regrese. Así que es algo positivo.

—Hermano, qué manera de ver el lado bueno de las cosas. —Jayden miró al otro extremo del patio como si algo llamara su atención—. Algo se mueve ahí afuera.

Agarró una linterna y se levantó para echar un vistazo.

—Es una tormenta. Muchas cosas se mueven ahí afuera —dijo Rafa, uniéndose a él.

El aguacero se había convertido en llovizna, pero el viento aullaba salvajemente y hacía volar los cojines de los muebles del patio por el césped y en dirección al bosque como si fueran bolas de algodón.

—Mi mamá me va a crucificar. Tenía que guardarlos, pero la tormenta se me adelantó.

—Mañana puedo ayudarte a recoger los cojines.

—Gracias, hermano. —Jayden alumbró con la linterna el patio y el bosque más allá—. De cualquier modo, debo advertirte que Cash me envió antes un mensaje de texto diciendo que vendría. Eso fue hace como una hora. Puede que no venga.

Rafael frunció el ceño. Cash Ashford también estaba en sexto grado. En la escuela, Jayden y Cash eran amigos, pero a Rafa este último no le caía bien. Durante su primera semana en la escuela, Cash le había arrebatado el cuaderno en la cafetería. El cuaderno estaba lleno de historias de terror, y Cash leyó una de ellas en un tono burlón. Quizás quería avergonzar a Rafa, pero la historia solo logró llamar la atención de Jayden, que se puso de pie, agarró el cuaderno y se lo devolvió a Rafa. Luego se presentó como aficionado a las historias de terror y futuro santo católico, e insistió en que se sentaran juntos a almorzar todos los días. Por eso, pensaba Rafa, debería estar agradecido, pero era difícil sentir algún sentimiento positivo por Cash Ashford.

—Tú y Cash se llevan bien ahora, ¿verdad? —preguntó Jayden, dejándose caer en un puf.

Rafa hizo lo mismo.

—No mucho —respondió—. ¿Por qué sigues siendo su amigo?

—Él me preguntó lo mismo de ti.

—¿Qué le dijiste?

—Le dije la verdad. Que eres buena gente y que él debería darte una oportunidad.

—No me interesa.

—Sé que se comporta como un idiota en la escuela, pero trato de ser amigo de todos. Rezo por Cash.

Rafa se preguntó si Jayden también rezaba por él.

—En el fondo, tiene buen corazón. Y a ambos les gusta contar historias de terror. Creo que eso los acercará algún día.

Jayden era un eterno optimista. Rafa negó con la cabeza, dudando que eso sucediera alguna vez.

—Haría falta un milagro.

—Bueno, tal vez sería mi primer milagro. ¡Mira! Ya estoy un

paso más cerca de ser canonizado. Necesito dos milagros confirmados por el Vaticano. Dos no parece mucho, ¿verdad?

—¿Para qué quieres ser santo? —se burló Rafa—. Todos los santos tienen muertes horribles. Santa Juana de Arco fue quemada viva en la hoguera. San Juan Bautista fue decapitado.

—Y no te olvides de San Bartolomé, a quien desollaron vivo —bromeó Jayden, con una sonrisa traviesa en el rostro y las cejas arqueadas.

Rafa negó con la cabeza. Las vidas de los santos se parecían mucho a las historias de terror que contaba, aunque más sangrientas.

—¡Dios mío! —exclamó Jayden cuando una piedra entró por la ventana de la casa del árbol y milagrosamente no le dio en la cabeza. Se puso de pie y le sonrió a la persona que subía hacia la casa en el árbol—. ¡Finalmente apareciste!

Cash terminó de trepar y se metió en la casita. Rafa no lo podía creer. Tenía la esperanza de que el chico no viniera. Cash lo saludó con un gesto antes de quitarse la chaqueta y arrojarla al banco, empapándole la cara a Rafa.

—¿Vieron la luna de sangre? —preguntó Cash—. ¿Saben lo que dicen? La luna de sangre trae fatalidad.

—Tú eres el único que dice eso. —Jayden sonrió—. Mírala —le dijo a Rafa con un dejo de asombro cuando las nubes se apartaron, revelando una luna llena con un brillo rojizo.

Rafa se puso de pie para verla mejor. Era un espectáculo hermoso y siniestro a la vez.

—Es la noche perfecta para una historia de terror —dijo Jayden, dándole un codazo a Rafa.

El chico recordó la advertencia de la Sra. Martin. Le había prometido que no contaría ninguna historia. Pero, por otra parte... su abuela le había dicho que la Sra. Martin no era la misma últimamente. Rafa volvió a mirar la luna roja y se estremeció. A pesar de que hacía un calor pegajoso, un repentino escalofrío le recorrió el cuerpo como una sombra.

—Le prometí a la Sra. Martin que no contaría ninguna historia de terror esta noche —dijo, dejándose caer en el puf junto a Jayden, sintiéndose como un tonto al decirlo.

Cash rio disimuladamente.

—¿Por qué le prometiste algo a esa bruja?

A Rafa no le gustó el tono del chico y quiso defender a la Sra. Martin.

—Por alguna razón era importante para ella que se lo prometiera. No tienes que insultarla.

—Tiene razón, Cash. Hay que ser amable, ¿recuerdas? —dijo Jayden—. Mis padres dicen que ella es una famosa psiquiatra infantil. Ha escrito libros y todo.

—Es una bruja famosa —dijo Cash—. Se dice que va al bosque a hacer rituales.

Rafa puso los ojos en blanco. No le gustaban para nada los chismes. Una vez, Cash había difundido el rumor de que él era bueno contando historias de terror porque practicaba las artes oscuras como Draco Malfoy. También había dicho que Rafa podía maldecir a la gente. Pero le salió mal, porque en lugar de alejar a todos, los compañeros de Rafa se le acercaban diariamente para pedirle que maldijera a examigos, primos chismosos o estudiantes de séptimo grado a cambio de dinero. A Rafa le preocupó que muchos de sus compañeros le creyeran a Cash. Lamentó decepcionarlos y rechazó el dinero. Sin embargo, ahora todos eran sus amigos y ninguno confiaba en Cash.

—Cuenta aunque sea una historia corta, por favor —insistió Jayden.

Rafa miró la luna de sangre y en ese momento sopló un viento que pareció susurrar: "Sí... sí...".

—Hace mucho tiempo —comenzó a contar Rafa, en voz baja y clara a medida que la historia salía de sus labios—, en una noche como esta, una luna de sangre se cernía sobre el Parque de Grainsville. Dos niños estaban en el parque cuando deberían haber estado en su casa. Oyeron sollozos y los siguieron hasta un estanque, donde lloraba una niña. Al verlos, la niña les dijo que se llamaba Tessa y que necesitaba su ayuda para sacar su cuaderno del fondo del estanque. Uno de los niños se sentía muy valiente y pensaba que Tessa era linda, y aceptó saltar al estanque para recuperar el cuaderno. El niño valiente no vio el cartel de madera que decía: "TE ESTOY VIGILANDO". Se quitó los zapatos y saltó al estanque. Tras unos segundos, el estanque quedó en silencio, como si el niño nunca hubiera saltado a él. En ese momento, se oyeron unos gritos en la distancia. El amigo del niño comenzó a llamarlo, pero los gritos cesaron y el amigo temió lo peor. Estaba a punto de saltar al estanque para buscar a su amigo cuando Tessa comenzó a susurrar: "Uno, dos, viene por ti el celador. Tres, cuatro, te ahogarás en el charco. Cinco, seis, flotarás al revés. Siete, ocho, tu tiempo se ha hecho corto. Nueve, diez, al celador ya lo ves". El niño salió corriendo del bosque lo más rápido posible. Regresó más tarde esa noche, acompañado de unos adultos, pero no encontraron ni el estanque ni a la niña que lloraba. Lo único que hallaron fueron los zapatos del niño desaparecido tirados en el suelo y el cartel de madera, que ahora decía: "TE LO ADVERTÍ, firma: EL CELADOR", escrito con pintura roja que aún goteaba.

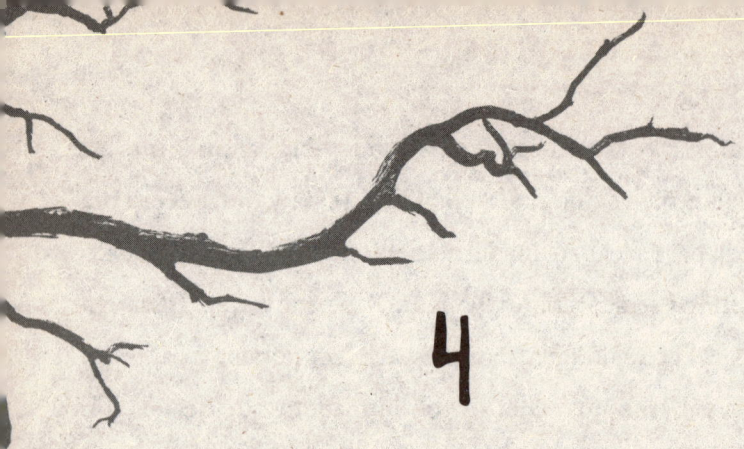

4

SE ACERCA LA NIEBLA

Cuando Rafa terminó de contar la historia, las luces parpadearon y los chicos quedaron sumidos en la oscuridad. La casa del árbol crujió azotada por un fuerte viento que hizo caer todo lo que había en las paredes, produciendo un gran estrépito.

—¿Están bien? —preguntó Jayden.

Rafa parpadeó un par de veces hasta que sus ojos se acostumbraron a la oscuridad.

—Estoy bien —respondió, tratando de aplacar el temblor de su voz. Se puso de pie y algo crujió bajo sus zapatos mojados—. Cuidado, hay cristales por todas partes.

Afuera, el viento gemía y la niebla invadió el patio trasero, rodeando la casa del árbol como si tuviera dedos huesudos.

—¿Qué fue lo que pasó? —susurró Cash.

—No lo sé, pero se fue la luz —dijo Jayden preocupado, moviendo arriba y abajo el interruptor de la luz.

Rafa se volteó para ayudarlo y casi tropieza con un marco caído. Lo hizo cuidadosamente a un lado y probó suerte con el interruptor. A continuación, lo intentó Cash con el mismo resultado.

—Parece que se fue un fusible —dijo.

De repente, se encendieron las luces, revelando marcos desvencijados y vidrios rotos por todas partes.

—Qué desastre —suspiró Jayden, y los tres chicos se pusieron a recoger en silencio—. No sé ustedes, pero yo tengo escalofríos.

—Yo también —dijo Rafa—. Debería irme a casa. Mis abuelos deben estar preocupados.

—No puedes irte ahora —dijo Jayden—. No es seguro.

Rafa sabía que su amigo tenía razón. Por mucho que quisiera marcharse, estaba atrapado allí hasta que la niebla se despejara.

—Les enviaré un mensaje de texto.

—Buena idea —dijo Jayden. Le lanzó una bolsa de papitas fritas y abrió una para sí mismo—. Será mejor quedarnos aquí hasta que la niebla se despeje. Podemos capear la tormenta, pero no más historias de terror. Ahora mismo estoy demasiado tenso.

—Pero tengo una buena —dijo Cash—. Les aseguro que no van a querer dormir después de escuchar la historia de Dedo Peludo.

Jayden se echó a reír, y escupió sin querer la cerveza de raíz que tenía en la boca. Rafa reprimió la risa.

—¿De qué se ríen? Es una historia de terror —dijo Cash, haciéndose el ofendido—. Dedo Peludo se cuela por debajo de las sábanas durante la noche.

Jayden rio más fuerte y Rafa no pudo evitar reír también.

—Lo siento, Cash. Una parte de mí se muere por saber por qué un dedo peludo se cuela por debajo de las sábanas... —Jayden rio entre dientes—. Pero una historia de terror es suficiente por hoy. No me importa que creas que soy un gallina. Esta es mi casa y esas son mis reglas.

Rafa ignoró la mirada de enojo de Cash. No era su culpa que Jayden no quisiera escuchar más historias de terror. Tras unos segundos de silencio, sentía que los ojos de Cash le atravesaban el cráneo. Respiró hondo. *Inhala. Exhala.*

—Rafa —dijo Cash—, escuché decir que reprobaste sexto grado.

—¡Cash! —protestó Jayden—. No digas eso.

—¿Qué? —preguntó Cash, haciéndose el inocente.

A Rafa le molestó que Cash supiera de sus malas notas. ¿No se suponía que estas cosas fueran privadas?

—Mira, no estoy tratando de causar un problema. Mi tío está a cargo del campamento y dice que los chicos con malas notas no pueden ir.

—¿Qué? De ninguna manera, Cash —objetó Jayden, negando con la cabeza—. No existe tal regla.

—Ahora sí —respondió Cash—. Todo el mundo sabe que ir al campamento es una recompensa. Es solo para la crema y nata.

Rafa tragó saliva y con ella, el nudo que se le formaba en la garganta. No era de la crema y nata, fuera lo que fuese que eso significara. Era más bien una manzana ligeramente podrida. Así y todo, esperaba que Cash solo quisiera molestarlo y que no fuera cierto lo que decía.

—Cash, ¿no puedes hacer nada? —preguntó Jayden—. Rafa tuvo un mal año. Eso es todo.

—Ya veré qué puedo hacer —dijo Cash, mirando hacia otro lado.

Jayden le sonrió a Rafa, pero por la forma en que Cash se dio la vuelta, sabía que no iría al campamento con el resto.

Miró la luna de sangre y sintió que su propio rostro se enrojecía. ¿Cómo pudo pensar que algún día llegaría a ser un chico normal que hacía cosas de chicos normales? Debería haber sabido que gente como Cash y su familia nunca dejarían de verlo como el niño cuya madre estaba presa. Para Rafa, esa era una maldición que se le pegaba como un chicle a la suela del zapato.

Sonó su teléfono. Tenía un montón de llamadas perdidas de su abuela. Sabía que tendría que pedir perdón tan pronto regresara a casa. También había recibido un mensaje de texto de su abuelo, aunque en realidad era de Brianna.

> Soy yo.
> ¿Dónde estás?
> Por favor, vuelve a casa.

El corazón se le encogió en el pecho. Aunque ya no pudiese ir al campamento con los otros chicos del vecindario, tenía que asegurarse de que Brianna sí fuera. No podía permitir que sus malas notas impidieran que su hermana fuera feliz. De suceder eso, no sería mejor que Nikki. En ese momento escuchó la voz de Brianna, y se asomó por la ventana de la casa del árbol.

—¡Rafa! ¡Sé que estás ahí arriba!

Era la voz de la chica, pero no podía verla.

—¿Brianna? —gritó Rafa.

A través de la niebla pudo distinguir un rayo de luz y la silueta de su hermana. Llevaba puesta una bolsa de basura negra para protegerse de la lluvia. De repente, un rayo iluminó el patio trasero de Jayden, revelando lo que parecía una figura oscura y sombría que surgía de la niebla detrás de la chica.

—¡Brianna! —gritó Rafa—. ¿Quién está contigo? ¿Quién es ese? ¿Abuelo?

La chica se dio vuelta frenéticamente, moviendo la linterna a izquierda y derecha, incapaz de ver lo que había visto su hermano.

—Vine sola —tartamudeó.

Rafa bajó la escalera de la casa del árbol. El corazón le latía más rápido de lo que sus pies podían moverse. Brianna le alumbró la cara con la linterna. Él se la quitó y haló a la chica hacia sí, blandiendo la linterna en la niebla como si fuera una espada.

—¡¿Quién anda ahí?! —gritó.

La chica se puso rígida.

—¿Qué sucede?

—¿Todo bien? —preguntó Jayden, apareciendo junto a ellos con su bate de béisbol de la buena suerte en la mano—. ¿Qué fue lo que viste?

Cash también había bajado. Como Rafa no le respondió a Jayden de inmediato, Cash dijo algo sobre el comportamiento loco de Rafa, pero este no le hizo caso. Estaba seguro de lo que había visto, pero quienquiera que fuera, ya no estaba ahí. El chico exhaló como si llevara días conteniendo la respiración.

—Brianna, ¿estás bien? —preguntó Jayden.

La chica sonrió levemente.

—Nos vamos a casa —dijo Rafa—. Hablamos mañana, hermano.

—Envíame un mensaje de texto cuando llegues a casa —gritó Jayden mientras se alejaban.

—Suenas como mi abuela —contestó Rafa, agarrando la bicicleta.

—Sí, bueno, tu abuela es una mujer inteligente.

Rafa y Brianna bajaron caminando la loma en dirección al parque. El chico se mantenía alerta, observando y escuchando mientras atravesaban la niebla fantasmal. No podía apartar de su mente la figura sombría que había visto antes. ¿Por qué era el único que la había visto? ¿Habría sido un simple efecto provocado por luz y la niebla?

—¿Por qué saliste bajo la tormenta con una bolsa de basura encima? ¿Abuela sabe que estás aquí? —preguntó Rafa en un tono más severo del que le hubiese gustado.

Ver a Brianna llevando una bolsa de basura como si fuera un impermeable le recordó todas las veces que metían lo poco que tenían en una de esas bolsas cuando se mudaban de un lugar a otro.

—Ya no tengo impermeable... —dijo la chica en voz baja, y haló la bolsa de basura para protegerse la cabeza de la constante llovizna—. No he tenido ninguno desde hace tiempo.

Rafa anotó en su mente que había que comprarle un impermeable a su hermana en City Thrift.

—Me escabullí por la ventana —añadió Brianna.

Rafa rio. No podía creerlo. Su hermana no solo había salido sola en medio de la tormenta, sino que además se había escapado.

—No puedes escabullirte y andar por ahí bajo una tormenta como esta. Es muy peligroso. Lo sabes bien, Bri.

—Tú saliste bajo la tormenta.

—Llegué a la casa del árbol antes de que comenzara la niebla. Cuando esta llegó, me quedé allí. No es seguro andar por la calle.

—Lo sé, pero encontré tu cuaderno y leí la historia del chico que se escapaba porque su mamá se había convertido en un monstruo —explicó Brianna—. Me preocupé porque sé que no quieres que Nikki viva con nosotros, pero no puedes escaparte.

—Es solo una historia que escribí para mejorar mis notas. No me pienso escapar. Vas a tener que seguir soportándome, ¿de acuerdo?

Bri asintió y sonrió levemente. Rafa se sintió mal. Después de todo lo que habían pasado con Nikki, ¿cómo podía pensar Brianna que él la abandonaría? De pronto retumbó un trueno.

—Al menos tu historia tenía un final feliz —dijo la chica—. Los panqueques de arándanos fueron un buen toque.

En la historia, el chico iba a ver a una bruja que tiene un libro lleno de palabras mágicas. El chico hace un trato con la bruja y ella le da las palabras mágicas que harán que su mamá deje de ser un monstruo. El chico regresa a la casa a hurtadillas y, mientras el monstruo duerme, le susurra las palabras mágicas. El monstruo se despierta transformado en su amada madre y le prepara panqueques de arándanos para el desayuno.

—Tal vez podamos encontrar una palabra mágica para Nikki —dijo Brianna en voz baja.

Rafa negó con la cabeza.

—Bri, las palabras mágicas no existen.

—Creo que algunas palabras pueden ser mágicas —dijo la chica, mirando al cielo oscuro—. ¡Mira! La luna está resplandeciente. Rojo sangre, tal como dijo la Sra. Martin que se vería.

—¿Resplande... qué? —Rafa miró la luna, que se veía más roja que antes—. Vamos, tomemos el sendero cerca del parque.

El chico se montó en la bicicleta y Brianna se sentó en el manubrio. Atravesaron la niebla que flotaba a su alrededor como un fino velo blanco.

Cuando llegaron al parque, las luces de las lámparas parpadearon y dejaron escapar un zumbido, como si una voz grave tarareara algo. Rafa redujo la velocidad, esforzándose por ver en la semipenumbra. En algún lugar entre las sombras aulló un gato.

—¿Escuchaste eso? —susurró Brianna, jugueteando con la linterna que no se encendía—. Estúpida batería.

Rafa se detuvo para sacar el teléfono del bolsillo. Sin previo aviso, un gato surgió de la niebla y aterrizó sobre Bri, soltando un chillido. Rafa y Brianna gritaron sorprendidos. Era el mismo gato con collar dorado y ojos ámbar que habían visto antes en la casa de la Sra. Martin y luego en el jardín de la casa de sus abuelos.

—Pobre gatito —dijo Brianna, agarrando al gato mojado y

tembloroso—. Está temblando, Rafa, *temblando* mucho. Algo lo asustó.

—¡Por poco me mata del susto! —se quejó Rafa.

En ese momento se escuchó un ruido metálico entre los aparatos en el área de juegos. A Rafa se le erizaron los pelos. Alumbró los aparatos con la luz de su teléfono, deteniéndose en los columpios que se mecían hacia adelante y hacia atrás como si hubiera niños invisibles sentados sobre ellos.

—Voy a ver qué pasa —dijo, bajándose de la bicicleta.

Brianna saltó y lo alcanzó.

—¿Qué vas a hacer?

—Quédate aquí.

—De ninguna manera. Voy contigo —dijo la chica, sujetando al gato junto a su pecho.

Cruzaron la hierba fangosa hasta los columpios. Cuando se acercaron, los columpios dejaron de mecerse abruptamente.

—¿Qué fue eso? —preguntó Brianna, retrocediendo y halando a Rafa—. Tengo miedo.

—Yo también —murmuró el chico, pero sintió que no podía moverse, como si el barro fueran arenas movedizas alrededor de sus pies.

Los árboles crujieron y se escuchó algo que se movía. El gato dejó escapar un gruñido y se escapó de los brazos de

Brianna. El animal corrió con el lomo arqueado y el pelaje erizado en dirección al bosque. Sus ojos ámbar refulgían y se le escuchó sisear en la semioscuridad.

—Parece que vio algo —susurró Brianna—. Creo que yo también puedo verlo.

—¿Dónde?

—Allí. —La chica señaló con un dedo tembloroso hacia una mancha oscura entre un grupo de árboles—. Se movió.

Rafa solo veía la niebla hasta que de pronto la mancha oscura se arrastró.

—Tenemos que irnos —dijo, halando a su hermana.

El gato dejó escapar un último maullido y corrió hacia la bicicleta.

—Rápido —dijo Rafa, montando la bicicleta. Brianna se montó detrás y él le dio el teléfono—. Alumbra el camino.

Se pusieron en marcha y el gato corrió delante, haciendo sonar el cascabel a través de la niebla y guiándolos fuera del parque. Cuando llegaron a su vecindario, la niebla había comenzado a disiparse y el gato corrió a la casa de la Sra. Martin. Desapareció en el camino de la entrada, dejándolos solo con el brillo furioso de la luna de sangre para guiarlos.

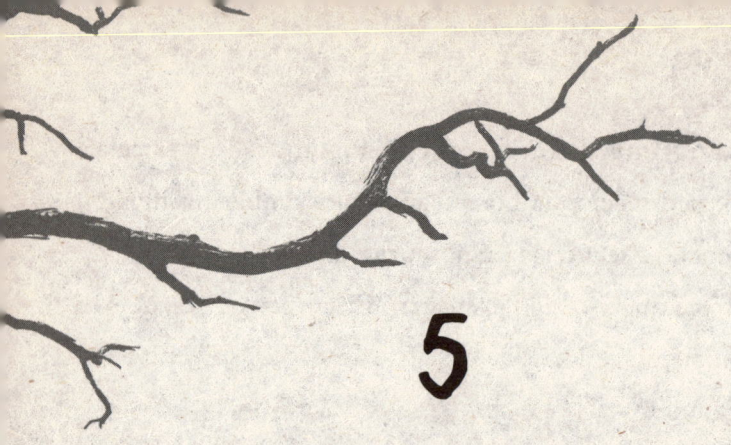

5

EL JAGUAR DE LA LUNA DE SANGRE

Más tarde, tras una merienda nocturna y una charla severa de sus abuelos por haberse escapado durante la tormenta, Rafa y Brianna se desplomaron en sus camas, que estaban en lados opuestos de la habitación, separadas por dos cómodas. Rafa miró por la ventana y vio los árboles balancearse por el fuerte viento. A veces las ramas parecían manos que arañaban el aire.

Pensó que tal vez la figura sombría que había visto detrás de Brianna fuera un efecto de la niebla y el viento. Pero ¿y los columpios? Ya había decidido que la mancha oscura que habían visto moviéndose entre los árboles era un animal. Podría haber sido un zorro o incluso un ciervo. Pero los columpios no se mecen ni se detienen solos. Pensar en eso le provocó escalofríos.

—Rafa —gritó Brianna—. ¿No deberíamos haberle contado a la abuela sobre los columpios y el gato siseando?

—Podemos decírselo mañana.

—Está bien —dijo la chica en voz baja, y estiró la mano para apagar la lámpara, pero vaciló—. ¿Te molesta si dejo la luz encendida por un rato?

—Para nada.

La luz del portal arrojaba un brillo amarillento del otro lado de la ventana de la habitación. Rafa agarró el cuaderno y lo abrió en una página en blanco. Sabía que debía dormir, pero no tenía sueño. Esperaba que escribir la historia del celador asesino aliviara la ansiedad que lo había invadido desde que abandonaran el parque.

—No puedo dormir —murmuró Brianna—. ¿Puedes contarme una historia feliz?

—Sabes que no cuento historias felices —respondió el chico, y en ese momento una sombra aterciopelada se deslizó junto a la ventana. Rafa dejó el bolígrafo—. Oye, el gato volvió —dijo al ver que el gato de la Sra. Martin golpeaba suavemente la ventana con la cabeza, como si quisiera entrar.

Brianna corrió a sentarse en la cama de su hermano. Puso la palma de la mano contra el cristal.

—Apuesto a que tú tampoco puedes dormir, ¿eh?

El gato se frotó contra el cristal, mostrando sus manchas en forma de pétalos.

—Qué lindo. Parece un cachorro de jaguar. ¿No crees?

Afuera de la Escuela Primaria Parkside, a la que asistía Brianna, había un mural con un jaguar dibujado mostrando sus colmillos. A Rafa le parecía una mascota más apropiada para una banda de piratas que para una escuela primaria.

—¿Podemos dejarlo entrar? —suplicó Brianna—. Solo abrir un poco la ventana.

Rafa la miró con desaprobación.

—Sabes que no podemos. En cualquier caso, se me acaba de ocurrir una historia sobre un gato que se convierte en jaguar —dijo, y agarró el bolígrafo.

—Quiero escucharla.

—¿Pensé que habías dicho que querías oír una historia feliz?

—Escribes finales felices todo el tiempo. Simplemente haz que esta tenga un comienzo feliz, un desarrollo feliz y un final feliz.

—Bien —dijo el chico.

Nunca podía decirle que no a Brianna. Si ella quería una historia feliz sobre un jaguar, él trataría de escribirla.

—Déjame ponerme cómoda primero —dijo la chica, agarrando el edredón de su cama y extendiéndolo sobre la cama de Rafa.

Rafa se molestó un poco. Brianna prácticamente se había apropiado de su cama.

—Estoy lista —dijo la chica.

Rafa dibujó un gato en el cuaderno y cerró los ojos.

—Esta es la historia de un gato que vive en el bosque y que, cada vez que aparece la luna de sangre, se convierte en un poderoso jaguar que acecha las calles de nuestro vecindario en busca de niños que se escapan de sus casas. En una noche como la de hoy, el jaguar vio a una niña escapándose por la ventana de su habitación. El animal se acercó a la niña sigilosamente y dejó escapar un gruñido feroz. La niña gritó y volvió a entrar a su habitación. Cuando miró hacia afuera, el jaguar ya no estaba... o eso pensó ella. Tras unos minutos, escuchó un ruido en la puerta. *¡Rasguña! ¡Rasguña! ¡Rasguña!*

—Ay, no —gimió Brianna, tapándose la cabeza con el edredón—. Patas sin garras.

—La niña se escondió debajo de la colcha y trató de

permanecer lo más silenciosa posible, pero el jaguar sabía que ella estaba allí y atravesó la puerta de la habitación. "¿Qué quieres?", preguntó la niña por debajo de la colcha. El jaguar mostró los afilados colmillos y se acercó. Estaba tan cerca que la niña podía sentir el cálido aliento del animal en su rostro. Cerró los ojos, sabiendo que había llegado el final. El jaguar gruñó y se abalanzó sobre ella: "¡Grrrrr! ¡Quiero que duermas en tu propia cama!" —gruñó Rafa, haciéndole cosquillas a Brianna hasta que la chica logró escabullirse.

Brianna agarró su edredón. El gato ya no estaba junto a la ventana.

—Asustaste al gato.

Rafa se encogió de hombros.

—Los gatos se asustan fácilmente. En cualquier caso, el jaguar ayudó a la niña a dormir. Ahí tienes tu final feliz —dijo, satisfecho de sí mismo.

—Tenemos definiciones muy diferentes de lo que es un final feliz —dijo Brianna, apagando la lámpara—. Buenas noches.

—Dulces sueños. No dejes que el jaguar te muerda. —Rafa se metió bajo las sábanas y se rio entre dientes.

—¿Cómo lo logras? —preguntó la chica—. ¿Cómo se te ocurrió una historia tan rápido?

—Simplemente se me ocurren y ya.

—Realmente pensé que esta vez se te ocurriría una historia feliz, pero no puedes evitar contar algo que dé miedo, ¿verdad?

—Supongo que no —respondió Rafa—. Duérmete.

Miró al techo, pensando en la pregunta de su hermana. Desde que tenía uso de razón había sido capaz de inventar historias de terror. La mayor parte del tiempo, las historias se le ocurrían de pronto y con fiereza, devorando páginas como un zombi engulle cerebros. Otras veces, era como si las historias estuvieran enterradas en su cabeza y gritaran para que las dejara salir. Sin embargo, tenía que cavar mucho para llegar a ellas. Otras veces, se sentía como el Dr. Frankenstein, jugueteando durante días con una historia hasta que le parecía que estaba lista para andar por sí misma.

Las historias de esta noche habían sido diferentes. La del celador y la del jaguar habían sido regalos de la luna de sangre.

Recordó la advertencia de la Sra. Martin. Una búsqueda rápida en Google en su teléfono confirmó lo que le había dicho la abuela: la luna de sangre era un eclipse lunar. Seguía siendo algo asombroso, pero solo se trataba de un fenómeno que ocurría cuando la Tierra, la Luna y el Sol se alineaban. Siguió leyendo y encontró blogs y sitios web que afirmaban que la luna de sangre anunciaba caos y maldad. Los artículos se volvían cada más espeluznantes. El chico se estremeció. Sabía que no podía confiar en todo lo encontraba en internet, pero ahora tenía la luna de sangre metida en la cabeza. Guardó el teléfono, demasiado inquieto para poder dormir. Tras unos segundos mirando al techo, decidió hacer lo que siempre hacía cuando no podía conciliar el sueño: se puso a escribir. Escribió la historia del jaguar y luego la de la niña en el estanque y el celador que siempre vigilaba. Cuando finalmente se quedó dormido, soñó que el celador fantasmal estaba afuera de su ventana, susurrando: "Uno, dos, viene por ti el celador...".

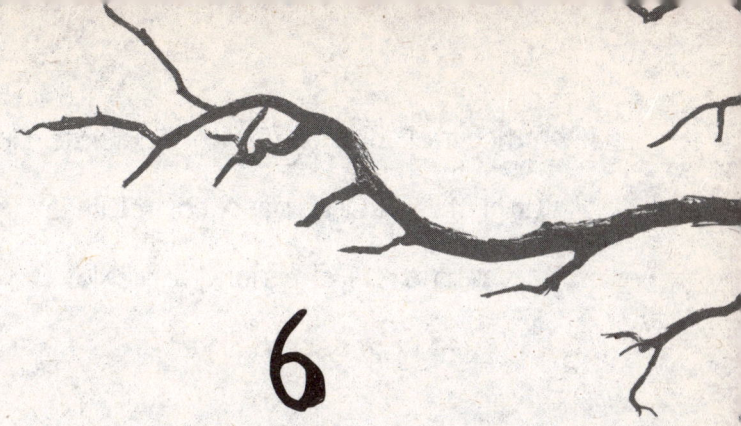

6

VIENE POR TI EL CELADOR

UNA VOZ DE MUJER PROVENIENTE DE LA SALA despertó a Rafa. El chico miró hacia la cama de Brianna, que, como de costumbre, ya estaba levantada y había tendido la cama. Rafa sintió un pinchazo en el muslo por debajo del edredón. Por la mente le pasó la historia de Cash sobre el dedo peludo que se deslizaba debajo de las sábanas durante la noche. Levantó el edredón y vio que el bolígrafo lo estaba pinchando. En la mesa de noche estaba el cuaderno abierto en la historia de la luna de sangre. En la parte superior de la página había una nota en color púrpura de Brianna.

> ¡Petrificante! ¿Por qué no escribiste un final feliz? ¿Qué pasó con el niño valiente en el estanque? ¿No regresa al final?

—¿Petrificante? —soltó Rafa, aún somnoliento—. ¿De dónde saca esas palabras?

En ese momento se escuchó de nuevo la voz de la mujer y la puerta principal se cerró. La voz sonaba vagamente como la de la Sra. Martin. Rafa se asomó por la ventana y vio el elegante Bentley blanco de la vecina estacionado en la calle. El chofer le abrió la portezuela a la mujer y se pusieron en marcha. Rafa se puso un short y una camiseta. Bajó a la cocina y encontró allí a Brianna y a su abuela desayunando en la mesa. Su abuelo estaba preparando huevos revueltos en el fogón.

—¿A qué vino la Sra. Martin? —preguntó Rafa.

—Uno de sus gatos ha desaparecido —respondió Brianna—. El mismo que vimos anoche. Se llama Balam.

—No me gusta verla tan preocupada —dijo la abuela, bebiendo un sorbo de café—. Sus gatos se escapan todo el tiempo. No sé por qué está tan estresada.

—Tal vez sea su gato favorito —especuló Brianna.

El abuelo puso sobre la mesa un plato con huevos, arroz mexicano y una tortilla.

—Siéntate, mijo.

—Gracias, abuelo.

Rafa se sentó y roció los huevos con salsa picante. Luego puso los huevos y una tajada de tocino de pavo dentro de la tortilla caliente y la convirtió en un taco. Una de las mejores cosas de vivir con sus abuelos era que los fines de semana su abuelo les preparaba deliciosos platos mexicanos como chilaquiles, huevos rancheros y tortillas de harina caseras. Cuando Rafa y Brianna vivían con Nikki, eran afortunados si tenían un Pop-Tart helado para desayunar.

—Rafa me contó anoche una historia sobre un jaguar —dijo Brianna, pinchando los huevos revueltos con un tenedor—. Se suponía que iba a ser una historia feliz.

—Te escuchamos gritar —dijo la abuela sonriendo.

Rafa se rio.

—Anoche se me ocurrieron dos historias de terror.

—¿Dos? —dijo el abuelo, arqueando las cejas y tomando asiento en la mesa.

—¡Ya lo sé! Nunca había escrito dos historias en una noche. Primero se me ocurrió la del celador. A Jayden le dio escalofríos. Se trata de unos niños que van al parque y...

—¡Un momento! ¿Se la contaste a Jayden? —preguntó Brianna—. No contaste ninguna historia de terror en la casa del árbol, ¿verdad? Se suponía que no debías hacerlo, ¿recuerdas? Se lo prometimos a la Sra. Martin.

—No, él la leyó —mintió Rafa, y al instante se sintió mal—. En mi cuaderno.

—Ahora que recuerdo —dijo la abuela—, lo primero que la Sra. Martin me preguntó esta mañana fue si anoche habías contado alguna historia de terror. Le dije que no lo creía y ella dijo que qué bueno, porque si lo habías hecho tendría que darte una lección.

Rafa dejó caer el taco en el plato

—¿Cómo? —preguntó, sorprendido.

La abuela lo miró y aplaudió entusiasmada.

—¡Te agarré!

—Abuelaaa —gimió el chico.

La mujer se levantó y le dio un beso en la cabeza.

—La expresión de tu cara no tiene precio.

Rafa negó con la cabeza. No podía creer que su abuela lo hubiera engañado. En ese momento sonó el teléfono. Era Jayden.

—¿Puedo ir a casa de Jayden? Prometí ayudarlo con algo.

—Por mí, bien —dijo la abuela, encogiéndose de hombros—. Yo tengo que irme a trabajar. —Se puso de pie, ya vestida con el uniforme del correo—. Pero ten cuidado, tu abuelo salió a caminar por la mañana y la tormenta dejó mucho reguero.

—Hay muchas ramas de árboles caídas —dijo el abuelo—. Ve despacio y presta atención por donde vayas.

Brianna puso el plato en el fregadero.

—Te acompaño. Así busco a Balam.

Brianna se sentó en el manubrio de la bicicleta y Rafa pedaleó a toda prisa para encontrarse con Jayden en el parque. El sendero para bicicletas estaba cubierto de fango y de ramas de árboles, tal como le había advertido su abuelo. Una bandada de pájaros negros surgió de entre los árboles circundantes, asustando al chico. Brianna lanzó un grito cuando la bicicleta patinó en el fango y chocó con una gruesa rama que bloqueaba el camino. La sacudida los hizo caer sobre una mezcla de fango y hierba.

—Brianna, ¿estás bien? —preguntó Rafa, poniéndose de pie al ver que su hermana gemía adolorida—. ¿Te hiciste daño?

—Mi muñeca —dijo la chica, agarrándose el brazo—. Aterricé sobre ella.

—Déjame ver. —Rafa tomó la muñeca de su hermana—. ¿Puedes mover la mano?

Brianna negó con la cabeza.

—Me duele mucho. ¿No viste esa rama enorme?

—Lo siento, Bri. La vi demasiado tarde —dijo Rafa, y ayudó a su hermana a ponerse de pie—. ¿Regresamos a casa o puedes seguir?

Brianna vaciló.

—Los padres de Jayden son médicos. Sabrán qué hacer.

La chica asintió.

—Le enviaré un mensaje de texto a Jayden para asegurarme de que sus padres están en casa.

Rafa buscó el teléfono, pero no lo tenía en el bolsillo. Recorrió el suelo fangoso con la mirada hasta encontrarlo. Cuando lo levantó, vio que la pantalla se había rajado. Soltó un gemido y comenzó a escribirle a Jayden cuando de pronto apareció un mensaje.

Uno, dos, viene por ti el celador.

El chico guardó silencio. El mensaje desapareció tan rápido como había aparecido.

—¿Qué pasa?

—Nada —respondió Rafa, metiéndose el teléfono en el bolsillo—. Vámonos.

—Rafa, mira la bicicleta —dijo su hermana tristemente.

La rueda delantera de la bicicleta se había torcido y se

había quedado sin aire, y la cadena estaba extendida sobre la hierba como un animal atropellado. Los abuelos de Rafa habían comprado la bicicleta en una venta de garaje el verano anterior y ya la habían reparado cientos de veces. A Rafa le preocupaba que ahora no tuviera remedio.

—Abuelo puede arreglar cualquier cosa —dijo Brianna en un tono optimista—. No te preocupes.

Rafa asintió, pero su mente estaba en otra parte. El mensaje que había recibido parecía sacado directamente de su historia de terror. Quería volver a mirar el teléfono para ver si seguía allí, pero no se atrevió. Respiró tembloroso. El corazón le latía en el pecho como un pequeño puño desbocado.

—Pongámonos en marcha —dijo, levantando la bicicleta y recogiendo la cadena.

Brianna se agarró la muñeca y lo miró con curiosidad.

—¿Estás bien?

—Sí, estoy bien. Vamos.

Al llegar al parque, vieron que Jayden los estaba esperando encima del castillo en el área de juegos, que tenía un tobogán, barras y una pared de cuerdas por la que trepaban los niños pequeños.

—Oye, ¿qué le pasó a tu bicicleta? —gritó Jayden, deslizándose por el tobogán y corriendo hacia ellos.

—Tuvimos un accidente —respondió Rafa—. Bri se lastimó la muñeca.

—¡Ay! Deja ver —dijo Jayden, tomándole la muñeca a Brianna—. Ven, siéntate aquí.

La llevó hasta un banco. Como sus padres eran médicos, Jayden siempre parecía saber qué hacer en caso de accidentes. Esta era otra cosa que a Rafa le gustaba de él. Una vez lo había visto detener la hemorragia nasal de un niño en la escuela. Mientras Jayden inspeccionaba la muñeca de Brianna, Rafa miró hacia los columpios que se mecían solos la noche anterior.

—Qué triste —dijo Brianna—. Este banco está dedicado a una niña llamada Tessa.

A Rafa le latió el corazón con fuerza. *¿Tessa?*

Brianna leyó la dedicatoria del banco en voz alta.

"Veme en el parque.
Voy a leerte un cuento.
Nos hará libres".

En memoria de nuestra querida poeta Tessa

9 de septiembre de 1962 – 8 de junio de 1974

—Es como la historia de terror que nos contaste anoche.

¿La chica fantasma no se llamaba Tessa? —preguntó Jayden.

Antes de que Rafa pudiera comenzar a explicar, Brianna lo miró con sus ojos color avellana, duros y acusadores.

—Dijiste que no habías contado ninguna historia de terror en la casa del árbol —dijo la chica con incredulidad.

Jayden miró hacia otro lado, incómodo por haber abierto la boca.

—Lo siento. —Rafa hizo una mueca—. Sabía que te enojarías porque creíste las tonterías que dijo la Sra. Martin.

—Una promesa *no* es una tontería. —Brianna frunció el ceño—. Y también dijimos que nunca habría mentiras entre nosotros, ¿recuerdas?

Rafa se sintió mal. Sin importar lo dura que se volviera la vida, él siempre le decía a Brianna la verdad. Esta había sido una promesa mutua, ya que Nikki les mentía constantemente: decía que se ausentaría unos minutos y desaparecería todo el día; decía que iba a cambiar y luego encontraban botellas vacías; decía que estarían en el refugio hasta que ella consiguiera un trabajo y un día los echaban. La mejor manera de describir la vida con Nikki era como estar en una montaña rusa con alguien que se negaba a usar la barra de seguridad.

Brianna hizo una mueca de dolor mientras se sujetaba la muñeca.

—Rompiste tu promesa y ahora casi provocas que me rompa la muñeca.

Rafa dejó caer los hombros. Se sentía el peor hermano del planeta.

—Lo siento, Bri, pero anoche también te conté una historia sobre un jaguar, así que no puedes estar tan enojada conmigo.

—Quería una historia feliz. Tú fuiste quien la hizo aterradora. Y una cosa más: no puedes decirme cuán enojada debería estar.

—Hola, chicos —intervino Jayden—. Me siento muy mal por haber abierto la bocota, pero deberíamos irnos. A Brianna se le está empezando a hinchar la muñeca. Bri, ¿puedes sostenerla más alto? ¿Por encima del corazón?

Brianna siguió el consejo.

—Eso ayudará a que no se te hinche tan rápido. Vámonos, mi mamá está en casa. Seguramente querrá ponerle hielo y vendarla. No tiene muy buena pinta.

—Me duele —respondió Brianna, mirando enojada a Rafa.

Jayden y Brianna salieron caminando delante y Rafa los siguió, arrastrando torpemente la bicicleta desvencijada y pensando en el inquietante mensaje del teléfono. El parque se sentía un lugar hostil. Era como si la tormenta hubiera dejado atrás algo más peligroso que fango y ramas.

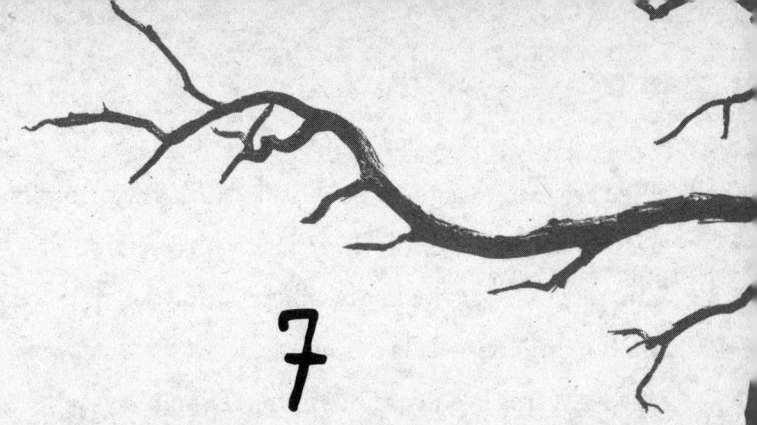

7

EL NIÑO DEL BOSQUE

La Dra. Leal, la madre de Jayden, examinó la muñeca de Brianna rodeada de las tres hermanas de Jayden, que estaban ansiosas por ayudar. La doctora confirmó que Brianna tenía un esguince y envió a sus hijas a buscar Tylenol, una bolsa de hielo y un montón de almohadas.

—Haz reposo y ponte hielo durante las próximas dos horas —dijo la mujer—. Le envié un mensaje de texto al Dr. Leal para que traiga una tablilla. Mientras tanto, ¿quieres ver una película con las chicas? Llamaré a tu abuelo y se lo haré saber.

Nayeli trajo una bolsa de hielo y se la puso con delicadeza sobre la muñeca a Brianna. Nora trajo almohadas y mantas suaves para acomodar la muñeca de Bri y hacer que la chica se sintiera a gusto en el sofá. Nilda llegó corriendo de la cocina con Tylenol, Twizzlers y pretzels de chocolate. Rafa respiró aliviado. Las hermanas de Jayden mimaban a Bri como si esta fuera de la familia.

—Nosotros la cuidaremos —dijo Nayeli.

Rafa se sintió repentinamente fuera de lugar. Él siempre cuidaba a Brianna. Miró a su hermana, que mordía un Twizzler. ¿Acaso quería que él se marchara?

—¿Estás bien? —le preguntó.

—Sí, pero todavía estoy enojada contigo —contestó Brianna—, pero no por el accidente. Eso no fue tu culpa. Estoy enojada porque me mentiste.

Las hermanas de Jayden lo miraron tan seriamente que Rafa sintió que debía arrodillarse y disculparse con todas ellas.

—Bri, buscaré la manera de que me perdones —dijo.

—Vamos, tenemos que encontrar esos cojines. —Jayden apartó al chico de un tirón.

Rafa se sintió aliviado al salir de la habitación. La forma en que lo miraban las hermanas de Jayden le resultaba incómoda. Los dos chicos cruzaron el patio chapoteando sobre el fango en dirección a la cerca. Jayden llevaba un dron bajo el brazo, abrió el portón de la verja y ambos se adentraron en el bosque. Jayden instaló el dron en un terreno plano y conectó su teléfono al control remoto.

—Este es mi tercer dron. Si lo estrello, mis padres me decapitarán.

Rafa resopló y negó con la cabeza. Jayden buscaba cualquier excusa para usar el dron. En cuestión de segundos, el aparato estaba flotando y transmitiendo imágenes del bosque a la pantalla del teléfono. Solo se veían árboles y maleza hasta que Jayden vio un cojín cuadrado.

—¡Encontré uno! —exclamó—. Está a unos sesenta pies. Busquémoslo.

Los chicos se adentraron en el bosque fangoso y encontraron el cojín rojo entre los arbustos.

Jayden le dio a Rafa el control remoto y metió las manos en la maleza.

—Supongo que debería haber mirado primero si había hiedra venenosa.

—Demasiado tarde —dijo Rafa.

—¡Aaaayyy! ¡Mi mano! ¡Auxilio, Rafa! —gritó Jayden, retorciéndose como si el arbusto fuera un extraterrestre carnívoro—. ¡Adiós, mundo cruel!

Rafa puso los ojos en blanco ante la actuación exagerada de Jayden.

—Vamos, para.

Jayden se echó a reír.

—Por un segundo te lo creíste.

—De eso nada.

Rafa hizo volar el dron más lejos. Trató de concentrarse, pero lo atormentaba la pregunta de si debía contarle a Jayden sobre el extraño mensaje que había aparecido en su teléfono. Aunque su amigo se la pasara hablando de convertirse en santo algún día, era el chico más razonable que Rafa hubiera conocido y tenía una respuesta sensata para todo.

—¿Recuerdas que te dije que ayer la Sra. Martin me advirtió que no contara historias de terror?

Jayden asintió.

—¿Qué tal si tenía razón? Quiero decir, predijo que anoche habría luna de sangre; quizás pueda predecir otras cosas. —Oírse a sí mismo hizo que Rafa se estremeciera—. Y en el parque hay un banco dedicado a una niña llamada Tessa, como en la historia de terror que conté. No puede ser una simple coincidencia, ¿no es cierto?

—Cualquiera que tenga un almanaque puede predecir un eclipse lunar —respondió Jayden—. En cuanto al banco... —Se encogió de hombros—. Tal vez lo viste antes y el nombre se te quedó en el subconsciente o algo así.

Rafa negó con la cabeza.

—Juro que nunca había visto la dedicatoria. —Rafa no sabía si debía mencionar el mensaje en su teléfono porque no tenía pruebas—. El parque se siente raro... como si algo malo estuviera al acecho. ¿No lo sentiste?

—Bueno, Sr. Futuro Stephen King, como usted sabe, lo que pasa con las historias de terror es que una vez que las escuchas, todo se vuelve espeluznante. El agua que gotea de una tubería se convierte en una gárgola enterrada viva en el sótano de la casa. Cualquier rasguño en la ventana se convierte en un payaso asesino escapado de la prisión del infierno. Con solo un empujoncito, la imaginación puede salir corriendo como una manada de cachorros y llevarnos de cabeza al acantilado. Por cierto, todas esas son historias de tu cuaderno.

Rafa dejó escapar un resoplido de frustración. Sabía que esas historias le sonaban familiares.

—Ahora te voy a dar un ejemplo de la vida real —continuó Jayden—. No quería admitirlo, pero esta mañana algo me arañó la pierna debajo de las sábanas. Enseguida pensé en la estúpida historia del dedo peludo de Cash.

—¿Te la contó?

—Sí, de principio a fin.

—¿Y qué te estaba arañando la pierna? —resopló Rafa.

—Mi rosario. Dormí con él anoche.

Rafa rio aliviado. Tal vez su preocupación se debía a su gran imaginación.

—Creo que me tomaré un descanso de contar historias de terror.

—Bueno, al menos hasta el campamento —le recordó Jayden—. Estoy impaciente porque llegue ese día. Tengo ganas de ver las caras de todos cuando cuentes la historia del celador.

Rafa asintió, pero después de todo lo que Cash le había dicho en la casa del árbol no se sentía tan optimista como su amigo.

—No creo que pueda ir. Ya oíste lo que dijo Cash.

—Cash siempre habla de más. A menudo rezo por él —dijo Jayden—. Estoy seguro de que vas a ir.

—Segundo cojín —dijo Rafa, mostrándole la pantalla a Jayden—. Está al este de aquí, junto a la cerca del vecino.

—¡Allá voy a salvarte, cojincito rojo! —aulló Jayden, y corrió como si hubiera encontrado oro.

Rafa mantuvo el dron flotando encima del cojín. Observó y esperó a que Jayden apareciera en la pantalla. Tras unos minutos, su amigo seguía sin aparecer y el bosque quedó en silencio. Un repentino y extraño escalofrío llenó el aire y a Rafa se le puso la piel de gallina.

—¡Jayden! —gritó—. Date prisa.

Arriba, entre los árboles, graznaba una bandada de estorninos de colas largas. Rafa se concentró en la pantalla. En cualquier momento aparecería Jayden, pero pasaron unos minutos más y nada del chico.

—Socio, ¿dónde estás? —gritó Rafa, irritado.

De repente, en la esquina de la pantalla apareció una cabeza de cabello oscuro.

—¿Qué estás haciendo? —preguntó Rafa, divertido.

Estaba seguro de que Jayden le estaba haciendo otra broma para asustarlo.

Entonces, una mano pálida y huesuda agarró el cojín que estaba junto a la cerca. Rafa sintió que el corazón se le quería salir del pecho. Esa mano no era la de su amigo, que tenía manos fuertes y gruesas, perfectas para agarrar un bate de béisbol.

—¿Qué demonios?

Con dedos temblorosos, Rafa logró hacer zoom hasta ver a un niño pálido cubierto con ropa enfangada. Estaba descalzo y se agachaba sobre la hierba. Tenía el cabello oscuro enmarañado alrededor de la cara. El niño arrastró el cojín y sonrió mirando directamente al dron. La pantalla se puso negra.

—¡No, no, no! —gimió Rafa.

Torpemente, movió las antenas, desconectó y volvió a conectar el teléfono. Sin embargo, no había señal ni rastros de su amigo.

—¡Jayden! —gritó Rafa, presa del pánico.

Avanzó a tientas entre la espesa hierba lo más rápido que pudo. Tenía que encontrar a Jayden.

En ese momento, la pantalla parpadeó como si volviera a estar en línea y apareció un mensaje.

TRES, CUATRO, TE AHOGARÁS EN EL CHARCO.

El chico dejó caer el control remoto del dron en un charco de fango.

—Corre —susurró la voz de un niño.

Rafa no sabía de dónde provenía la voz.

—¿Jayden? —preguntó, con los ojos fijos en la niebla que había comenzado a elevarse entre los árboles frente a él. El aire se volvió frío y empezó a temblar—. ¿Eres tú?

—Corre —susurró de nuevo la voz.

—¡Jayden! ¿Dónde estás? —gritó Rafa.

Algo crujió entre los arbustos. El chico intentó recuperar el aliento y prestar atención.

—¡Jayden!

—¡Estoy aquí! —respondió su amigo, apareciendo con el dron y los cojines en la mano—. Oye, ¿y a ti qué te pasó? —Recogió el control remoto del suelo—. Encontré el dron en el fango y ahora el control remoto está... Oye, ¿estás bien? Parece que estás a punto de vomitar.

—Vi a un niño ahí —dijo Rafa, tratando en vano de controlar el temblor en su voz—. ¿No lo viste?

—No vi a nadie —respondió Jayden—. ¿Qué sucede?

—Juro que apareció un niño en la pantalla. Agarró el cojín. Luego el aparato se desconectó y un mensaje extraño apareció en la pantalla.

—¿Qué mensaje?

—"Tres, cuatro, te ahogarás en el charco".

Jayden entrecerró los ojos y luego rio.

—Vamos, basta de bromas.

—Hablo en serio —dijo Rafa—. Revisa el dron.

—Bueno, sí, primero tendré que limpiarlo y reiniciarlo —dijo Jayden, limpiando el fango del control remoto y jugueteando con los controles—. Es inútil. Se perdió la conexión. De todos modos, el niño que viste probablemente era un vecino. El muy canalla seguramente agarró el cojín y al verme llegar, se largó.

Rafa respiró hondo.

—Parecía muerto —dijo—. No tenía zapatos. ¿Qué clase de niño va al bosque sin zapatos?

—Un niño desquiciado —soltó Jayden—. Parkside está lleno de esos niños.

Rafa quería que Jayden le creyera, pero no tenía forma de demostrar lo que había visto.

—Revisa la grabación, ¿de acuerdo? Déjame saber lo que veas.

—Claro —respondió Jayden.

Los chicos tomaron el camino en dirección a la casa de Jayden. Rafa llevaba los cojines y permaneció en silencio mientras las preguntas le daban vuelta en la cabeza como un tornado. Estaba tratando desesperadamente de encontrar una explicación racional a lo que había visto.

—¿Estás bien? —preguntó Jayden—. Quiero decir, rompiste el teléfono, la bicicleta y ahora el dron. Por el resto del día deberás mantenerte alejado de todos los vehículos y dispositivos tecnológicos —añadió, y le dio un codazo a Rafa para que supiera que se trataba de una broma.

Una sensación de fatalidad se apoderó de Rafa.

—Desde que apareció esa luna de sangre... —murmuró, pero se abstuvo de decir más.

—¿Qué quieres decir?

—Nada —respondió Rafa, sabiendo que todo lo que dijera en ese momento sonaría desquiciado.

Respiró hondo. *Inhalar. Exhalar.* Esperaba que en la grabación apareciera el niño para que Jayden le creyera, pero... si aparecía, ¿quién era? ¿Qué quería?

Rafa se pasó el resto del día revisando el teléfono por si recibía algún mensaje de Jayden sobre la grabación, pero no recibió ninguno, lo que lo preocupaba y lo frustraba. ¿Habría hecho el ridículo? Más tarde esa noche, cada vez que cerraba los ojos veía al niño agachado en el bosque y escuchaba la voz que le susurraba que corriera. Mientras conciliaba el sueño, decidió que tendría que regresar al bosque y buscarlo.

Tras lo que parecieron apenas unos minutos, Rafa se sentó en la cama y miró a Brianna, que dormía a pierna suelta. Luego abrió la ventana y salió de la habitación rumbo a la cálida noche de verano. Caminó hasta el parque y se dirigió al área de juegos. Allí encontró los columpios meciéndose hacia adelante y hacia atrás. La luz del parque brillaba con un color amarillo pálido y una brisa helada sopló de repente.

Rafa se paró sobre el banco dedicado a Tessa y se estremeció. Algo se movió detrás de él. El chico se dio la vuelta. A unos metros de distancia había un estornino que lo miraba. El ave inclinó la cabeza y de su pico se escapó un chillido. El animal se acercó, batió las alas y se estiró hasta que ya no era un pájaro sino el niño pálido que Rafa había visto agachado en el bosque. El niño se arrastró hacia él, abriendo y cerrando la boca y chorreando agua.

Rafa retrocedió y cayó sobre el banco. Quería correr, pero sintió que lo inmovilizaban unas manos invisibles.

—¿Por qué contaste la historia? —murmuró el chico, acercándose más—. "Uno, dos, viene por ti el celador. Tres, cuatro, te ahogarás en el charco".

El niño fantasmal se cernió sobre Rafa.

—¡Corre! —gritó.

Rafa se incorporó de golpe en la cama dando gritos.

—Rafael —dijo la abuela, tomándole el rostro entre las manos—. Estás a salvo con nosotros. Respira, mijo.

Rafa miró a su alrededor. Su abuelo estaba en la puerta de la habitación con cara de preocupación.

—Está bien. Todo está bien —le susurró Brianna suavemente, dándole unas palmaditas en el hombro.

—Respira, mijo —instó nuevamente la abuela.

El chico inhaló y exhaló bruscamente.

—Fue solo una pesadilla —murmuró con la respiración entrecortada.

Se sintió un poco avergonzado, aunque había tenido pesadillas antes. Cuando se mudó con sus abuelos, las tenía casi todas las noches, pero esas eran pesadillas en las que a Nikki la arrastraban lejos de él encadenada y la llevaban a un oscuro calabozo. Esta pesadilla se sentía más siniestra, como si él fuera el que corriera un grave peligro.

—No has tenido una pesadilla en mucho tiempo —dijo la abuela con ternura.

Rafa asintió. Su abuelo le dio un vaso de agua y el chico bebió. Tenía la boca seca, como si hubiera tragado un montón de plumas.

—¿Soñaste con Nikki? —preguntó Brianna.

—Esta vez no —respondió él.

Brianna apoyó la cabeza en su hombro y lo rodeó con los brazos.

—Está bien, Brianna. No tienes que abrazarme tan fuerte.

—Nunca te soltaré —dijo la chica.

Rafa sabía que lo decía en serio y eso le preocupaba. Si algo lo perseguía... ¿estaría Brianna también en peligro?

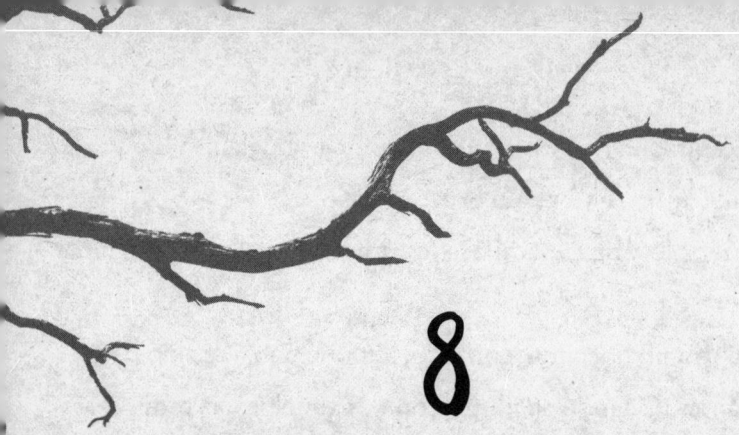

8
LIBROS DE FANTASMAS

Rafa logró conciliar el sueño en algún momento de la noche, pero en cuanto los rayos del sol se colaron por la ventana, se despertó quejándose del cansancio. Escuchó los pájaros afuera y el movimiento dentro de la casa. La voz de Brianna resonaba en la sala. Como siempre, su hermana probablemente llevaba despierta un par de horas.

—¡Rafa! Saldremos en unos minutos para ir a cortarnos el pelo —dijo el abuelo a través de la puerta—. Ven a desayunar. Abuela calentó empanadas de pollo antes de irse.

—Ya voy —dijo Rafa, estirándose.

Las empanadas de su abuela eran sus favoritas y justo lo

que necesitaba después de una noche prácticamente sin dormir. Al incorporarse, vio una nota de su abuela sobre la cómoda.

Me hubiese gustado quedarme en casa contigo, pero tengo que ir al grupo de apoyo. ¿Hablamos cuando regrese?

Escribe la pesadilla. Dale un final esperanzador. Te quiero.

Todos los domingos, su abuela iba a la iglesia y luego asistía a un grupo de apoyo para padres cuyos hijos estaban en prisión. A veces compartía con él lo que aprendía en las reuniones y lo animaba a expresar sus miedos y preocupaciones o incluso a escribir sus pesadillas.

—No es bueno mantener eso por dentro —decía.

El chico hacía lo que la abuela le sugería, y convertía sus pesadillas en historias de terror con finales esperanzadores. Escribir los finales que quería le daba una sensación de control, pero mientras leía la nota de la abuela sintió que eso no funcionaría esta vez. La pesadilla parecía demasiado real. ¿Quién era ese chico del bosque? ¿Por qué había aparecido de repente? ¿Intentaba advertirle o hacerle daño?

Rafa encontró a Brianna con la muñeca entablillada sentada a la mesa de la cocina. Entre ambos devoraron cuatro empanadas crujientes antes de salir de casa con el abuelo. Ninguno mencionó la pesadilla, pero cada vez que Rafa bostezaba, Brianna lo miraba preocupada. El chico casi se queda dormido en la silla de la barbería.

Tras cortarse el pelo, mientras le tocaba el turno al abuelo, Rafa llevó a Brianna a City Thrift, que estaba al lado. No quería que su hermana volviera a tener que usar una bolsa de basura para protegerse de la lluvia.

Rafa revisó impermeables de todos los colores y estilos, esperando encontrar uno decente que costara menos de los veinte dólares que tenía en el bolsillo. Brianna se movía entre las chaquetas lo mejor que podía con su muñeca entablillada. Rafa le había dicho que la tablilla era "demasiado rosa para ser legal".

El chico sacó un impermeable con capucha que parecía nuevo. Cuando vivían en uno de los refugios, un empleado le había dado consejos sobre cómo comprar en tiendas de segunda mano. Lo primero era revisar siempre las axilas. Rafa revisó las axilas en busca de manchas y agujeros, y luego las olió.

Brianna se rio.

—¡Mi hermano huele las axilas!

—Solo por ti —dijo él, sujetando el impermeable frente a la chica para comprobar que le servía—. ¿Qué te parece este?

Brianna asintió con entusiasmo.

—Tiene un montón de bolsillos. Me encanta.

—Ya está —dijo Rafa mirando el precio, y se dirigió a la fila para pagar.

—¿Crees que nos quede suficiente cambio para comprar natilla en Foo's? —preguntó Brianna—. Podríamos compartirla.

—Tal vez una pequeña.

Brianna le dio un codazo.

—Mira.

Rafa miró en la dirección que la chica señalaba y vio a una mujer con dos niños pequeños. La mujer tenía en la mano un suéter azul de fútbol. El chico sintió que el corazón le daba un vuelco: el suéter era idéntico a uno que Nikki le había regalado por Navidad. En ese entonces ni siquiera le gustaba el fútbol, pero el suéter era suave y se veía genial.

—¿Crees que sea el mismo? —preguntó Bri.

—No, eso fue hace mucho.

—Lo vendiste por mí.

—Sí, lo recuerdo.

El recuerdo de ese día parecía tan reciente ahora como si Rafa hubiera usado el suéter el día anterior. Nikki, Brianna y él habían pasado la noche en el auto. A la mañana siguiente, Nikki se había marchado a buscar comida, pero pasó toda la tarde sin señales de ella. A Rafa le preocupaba que los hubiera abandonado para siempre. Nikki había amenazado antes con hacerlo, así que era posible. Ambos chicos necesitaban ir al baño y tenían hambre. Rafa acompañó a Brianna hasta un McDonald's cruzando una concurrida intersección. Mientras la chica usaba el baño, Rafa escaneó las mesas para ver si alguien había dejado papas fritas y vio que un grupo de universitarios terminaba de comer. Uno de ellos hizo un comentario sobre el suéter de Rafa. A la velocidad del rayo, el chico inventó que había perdido el dinero que su madre le había dado para comprarle la cena a su hermanita. Estaba dispuesto a vender el suéter para no meterse en problemas. Rafa pensaba que no se lo creerían. Si acaso le ofrecerían las sobras. Pero uno de ellos le dio a Rafa diez dólares por el suéter. Cuando Brianna salió del baño, el chico sonreía en su camiseta blanca de ropa interior, sosteniendo una bandeja de *nuggets* de pollo, papas fritas y una malteada de chocolate.

Al menos ahora no tenía que vender la ropa que llevaba

puesta para comer. Pagaron por el impermeable y cruzaron corriendo la calle en dirección a Foo's Custard.

Brianna echó una ojeada hacia la barbería.

—¿Le decimos a abuelo que nos vamos?

—Volveremos en seguida —dijo Rafa, encogiéndose de hombros.

A veces olvidaba que ahora había adultos que se preocupaban por él. Cada vez que salía de casa sin pedir permiso, al regresar lo esperaba un sermón de sus abuelos. Era una de las muchas cosas que había aprendido al vivir con ellos, además de enviar mensajes de texto si iba a llegar tarde y decir siempre "por favor".

Al llegar a la tienda de natillas, Brianna vio que su librería favorita, Last Chapter, estaba abierta. La chica miró a Rafa con ojos suplicantes.

—Está bien, pero rápido —dijo el chico mientras entraban corriendo a la librería.

Brianna fue directamente a la sección de manga, mientras Rafa se puso a examinar una muestra de cómics.

—Dra. Martin, que bueno verla —dijo la cajera.

Rafa se volteó y vio a la Sra. Martin elegantemente vestida con un traje de lino y gafas de sol. Las dos mujeres hablaron un rato y luego la Sra. Martin comenzó a dedicar libros. Rafa recordó lo que le había dicho Jayden, que la mujer era psiquiatra infantil y escritora. Tras unos minutos, la mujer terminó de firmar y se dirigió hacia uno de los pasillos. Rafa supuso que buscaría novelas románticas como siempre hacía su abuela, pero la Sra. Martin se detuvo en la sección llamada "Paranormal", sacó un grueso libro del estante y se cambió las gafas de sol por lentes para leer. Leyó la contraportada y a continuación abrió el libro para leer un poco más. Después de unos minutos, devolvió el libro al estante como si se hubiera quemado los dedos.

—¿Qué estoy haciendo? —murmuró la mujer en un tono angustiado—. Es inútil. —Sacó un pañuelo del bolso y se enjugó los ojos.

Rafa se sintió mal por espiarla. Se dio la vuelta y deseó que ella no lo viera. Lo siguiente que supo fue que la mujer había salido de la librería.

Se preguntó qué podía ser tan terrible para alguien como la Sra. Martin. Era rica, vivía en una casa grande y tenía un chofer privado para su Bentley. Rafa se adentró en el pasillo y sacó el libro que la mujer había revisado. Tenía un título espeluznante: *Fantasmas ruidosos: La historia de las apariciones*. Rafa recordó lo que le había contado su abuela acerca de haber visto a la Sra. Martin usando una ouija para comunicarse con su hermano muerto. ¿Sería por eso que había tomado un libro sobre fantasmas? Rafa pasó las páginas, deteniéndose en las imágenes fantasmales captadas por parapsicólogos. Por lo que podía ver, los parapsicólogos eran expertos que estudiaban actividades paranormales tales como las apariciones de fantasmas.

El chico se detuvo al ver la imagen borrosa de una mujer en un puente. El pie de foto decía "La novia del puente". La gente afirmaba que el fantasma de la mujer aparecía en ese puente con un vestido de novia y que les pedía a los conductores que lo llevaran a la iglesia. Cuando el auto cruzaba el puente, el fantasma desaparecía. Eternamente atada al puente donde había muerto, la mujer aparecía todos los años en el aniversario de su noche de bodas.

Rafa sintió que se le erizaban los pelos. Pensó en el niño del bosque. ¿Estaría él también eternamente atado a ese lugar? ¿Habría muerto allí? Rafa miró el precio del libro. Era más de lo que tenía. Tendría que encontrar las respuestas en otra parte.

En ese momento, dos chicas entraron a la librería. Brianna corrió hacia ellas.

—¡Hola, Margo y Natasha! —Sonrió—. ¿Cómo va el verano?

Las dos chicas se miraron y salieron corriendo de la librería riéndose. Rafa vio como Brianna dejaba caer los brazos. Se acercó a ella y le pasó el brazo por el hombro.

—¡Hora de ir a buscar natilla!

Con el dinero que le había sobrado, Rafa pudo permitirse una taza pequeña. Se sentaron en un banco afuera de la barbería y compartieron el dulce mientras esperaban a su abuelo.

—¿Quiénes eran esas? —preguntó Rafa.

—Chicas de la escuela.

—No parecían muy amigables.

—Solo me hablan cuando necesitan las respuestas de la tarea de matemáticas —dijo Brianna con tristeza, pasándole la natilla a Rafa—. Ellas también irán al campamento.

—Bueno, si te dan problemas, te defiendes, ¿de acuerdo? Y si no puedes, me lo dices —dijo el chico, devolviéndole la taza a su hermana para que disfrutara de la última cucharada—. ¿Viste a la Sra. Martin dentro de la librería?

—¿Estaba allí? ¿Te dijo algo?

—No. Estaba mirando unos libros y empezó a llorar.

—¿Cómo? Las librerías son lugares felices.

—No para ella, supongo.

Brianna acabó rápidamente lo último que quedaba de la natilla.

—Lo siento. Se acabó.

—No te preocupes. Comí suficiente —dijo Rafa, mirando la taza vacía. Le hubiera gustado comer un poco más.

Brianna apoyó la cabeza en el hombro de su hermano y suspiró.

—Un día seré muy rica y te compraré una taza grande de natilla cada vez que quieras —dijo en voz baja.

Ella siempre decía cosas así: "Cuando sea mayor, seré muy rica y comeremos helado después de todas las comidas" o "Cuando sea mayor, seré muy rica y compraré una casa para los dos en Parkside".

Rafa se preguntó si era posible que chicos como ellos se hicieran ricos algún día.

Le dio un codazo juguetón a su hermana.

—En ese caso, solo aceptaré la taza de natilla extragrande con M&M'S y pedacitos de Oreo.

—Eres demasiado goloso —bromeó Brianna, y se limpió la boca con una servilleta y se la guardó en el bolsillo. Luego se volvió hacia él, con un aire ligeramente molesto—. ¿Por qué no lees las cartas de Nikki? Ha cambiado y quiere volver a ser nuestra mamá.

Rafa respiró hondo. Lo que su abuela le había dicho de que Brianna quería que Nikki viviera con ellos era verdad. Podía oír el anhelo en la voz de su hermana. ¿Había sido siempre así? ¿Por qué hasta ahora no se había dado cuenta?

—Nikki siempre dice que ha cambiado, pero eso es mentira.

—No te enojes. Me gusta leer sus cartas —dijo la chica—. Me calman. Me gusta saber que está bien. Creo que deberías darle una oportunidad.

—Le he dado a Nikki cien oportunidades —dijo Rafa en tono de burla—. Pero ¿qué obtenemos a cambio? Nadie me ha preguntado nunca si quiero que Nikki viva con nosotros. ¿Alguien te ha preguntado a ti?

Brianna negó con la cabeza.

—¿Y qué dirías si lo hicieran?

—Diría que quiero estar con mi hermano pase lo que pase. —La chica le tomó la mano y sollozó.

Rafa le dio un suave apretón. No quería que ella llorara, y odiaba haber alzado la voz. Nikki ni siquiera había llegado todavía y ya estaba causando problemas.

—¿Debería dejar de leer sus cartas?

—Léelas si quieres.

Bri miró con el ceño fruncido hacia la tablilla que llevaba en el brazo y comenzó a juguetear con el velcro de la venda.

—¿Está demasiado apretada? ¿Te duele? —le preguntó Rafa.

Brianna negó con la cabeza.

—No, la natilla ayudó.

—La natilla lo cura todo.

En ese momento, el abuelo se paró frente a ellos.

—Vamos, muchachos —anunció, dando una fuerte palmada—. ¿Qué les parece si compramos unas natillas en Foo's Custard?

Rafa le sonrió maliciosamente a Brianna, que escondió la taza de natilla vacía debajo de su nuevo impermeable. Ambos asintieron con entusiasmo.

—Sí, por favor.

9

EL GATO PERDIDO

Rafa acabó su última cucharada de natilla de chocolate con M&M'S en el momento en que el abuelo redujo la velocidad y dobló por el camino de entrada de la casa de la Sra. Martin. El chico se volteó para mirar a Brianna, que parecía tan asustada como él.

—¿Por qué entramos aquí? —preguntó Rafa, sorprendido de tener que volver a ver a la Sra. Martin. Verla llorar en la librería había sido suficiente por un día.

—Ella quiere verlos a ambos.

—¿Tenemos que ir? —preguntó Brianna.

—Abuelo, estoy muy cansado —se quejó Rafa.

—Sé que no dormiste bien anoche, pero esto es importante para ella. Puedes tomar una siesta el resto de la tarde —dijo el abuelo.

Estacionaron frente a la gran casa de piedra y la Sra. Martin salió al portal vistiendo un delantal sobre el mismo traje de lino que llevaba en la librería. Les sonrió y los saludó con la mano.

—¡Bienvenidos! —gritó.

Bri le dio un codazo a Rafa.

—¿Por qué querrá hablar con nosotros? —susurró.

—No estoy seguro, pero esto no me gusta.

Comenzaron a seguir a la mujer hacia el interior de la casa, y Rafa se quedó con la boca abierta y Brianna suspiró emocionada. La luz del sol se filtraba a través de unos ventanales que iban del suelo al techo. En un rincón había un montón de macetas grandes y coloridas con plantas decorativas. Sobre la chimenea colgaba un cuadro de aspecto caro con su propia iluminación. Había miles de libros cuidadosamente colocados en estanterías empotradas. La Sra. Martin los condujo hasta el comedor. Sobre una mesa de madera pulida, lo suficientemente grande como para que se pudieran sentar a ella doce personas, había más libros apilados. La habitación olía a pastel recién horneado y a fresas.

—Gracias por traerlos, Roberto. —La Sra. Martin miró al abuelo de Rafa y luego desvió la mirada hacia el chico—. Rafael, pasé ayer por tu casa a disculparme por el espectáculo que monté el viernes, pero todavía estabas durmiendo. Entonces le pedí a tu abuelo que los trajera cuando fuera conveniente.

Rafa se movió ligeramente incómodo.

—Nunca debí haberte agarrado por los hombros. Ningún adulto tiene derecho a hacer eso —explicó la Sra. Martin en tono angustiado—. No tengo excusa y les pido disculpas a ambos por mi comportamiento.

El chico miró al suelo, confundido. Ella ya se había disculpado después de agarrarlo. ¿Por qué se volvía a disculpar? Sintió que todos lo miraban ansiosos.

—Rafa —dijo el abuelo con firmeza—, tal vez no escuchaste bien, pero la Sra. Martin les pidió disculpas a ambos. ¿Qué se dice en estos casos?

—Está bien —espetó Brianna primero—. Sra. Martin, acepto sus disculpas.

—Supongo que yo también —dijo finalmente Rafa, irritado.

La Sra. Martin cruzó la habitación y se paró frente a él. Rafa respiró hondo y deseó haberse quedado en el auto. La mujer clavó sus ojos marrones en él.

—Rafael —comenzó—, apuesto a que ni siquiera quieres estar aquí. No te culpo. Quiero que sepas que nadie te puede obligar a aceptar mis disculpas. Solo tú puedes tomar la decisión de hacerlo.

—Está bien —dijo Rafa, sorprendiéndose a sí mismo.

Le gustó que la Sra. Martin dijera que era su decisión. Con Nikki, todos esperaban que él perdonara y olvidara, pero eso no le parecía tan sencillo. En ese momento, se escuchó un zumbido proveniente de la cocina.

—¡Ah, son los pastelitos! Finalmente se enfriaron. Como parte de mi disculpa, preparé unos pastelitos con fresas y crema batida de verdad.

—¡Dos postres en un día! —chilló Brianna emocionada.

La Sra. Martin arqueó las cejas.

—¿Dos? Supongo que es tu día de suerte. —Miró a Rafa—. ¿Te gustan las fresas?

—Sí, señora —respondió el chico.

Sus ojos se posaron sobre los libros amontonados sobre la mesa y se preguntó si habría alguno de terror que pudiera tomar prestado. La Sra. Martin tomó un gran álbum de fotos de una pila, se puso los lentes y abrió el álbum.

—Deleita tus ojos con esta fotografía —dijo, sacando una foto del álbum.

Le dio la foto a Brianna y Rafa se acercó para verla. Era una imagen en blanco y negro del frente de la casa.

—¿Su casa antes de los jaguares? —adivinó Brianna.

—¡Buen ojo! Mi abuela hizo esculpir los jaguares después de la Segunda Guerra Mundial. Ella creía que protegían la casa.

—En mi escuela somos los Poderosos Jaguares —dijo Brianna—. Hay una estatua como las suyas en la entrada.

—Ah, vas a la Escuela Primaria de Parkside —dijo la mujer.

Brianna asintió.

—Bueno, un poco de historia para que sepas. Mi abuela ayudó a fundar esa escuela antes de que cambiara el nombre a Parkside. Y como el jaguar era su animal favorito, lo convirtió en la mascota de la escuela y donó la estatua. Cuando tienes dinero, puedes hacer cosas así. —La Sra. Martin arrugó la nariz—. Es algo tonto, ¿no?

—El viernes por la noche, Rafa me contó una historia de terror sobre un jaguar —dijo Brianna.

La Sra. Martin se volteó hacia Rafa. Su mirada era tan intensa que Rafa se apartó de la mesa.

—Rafa tiene mucha imaginación —dijo el abuelo—. Cuéntale tu historia, mijo.

—No la recuerdo —dijo Rafa con timidez.

—Yo la recuerdo —intervino Brianna—. Se suponía que iba a ser una historia feliz, pero al final apareció un jaguar y le dio a una niña un gran susto. —Brianna se rio—. Todo porque quería que la niña fuera a dormir en su propia cama.

La Sra. Martin dejó escapar una risa incómoda.

—¿Fue esa la única historia de terror que contaste el viernes por la noche?

Rafa la miró fijamente, sintiéndose más irritado a cada segundo.

—¿Por qué le interesa tanto saber si conté historias el viernes por la noche?

La Sra. Martin pareció sorprendida por su franqueza, pero antes de que pudiera hablar, el abuelo lo regañó.

—Rafa, no seas grosero —dijo.

—Lo siento —murmuró el chico.

No había querido ser tan duro, pero quería que la mujer le diera una respuesta. ¿Por qué le interesaba tanto saber si había contado historias? ¿Tenía eso algo que ver con lo que había dicho sobre la luna de sangre?

La Sra. Martin intentó esbozar una sonrisa amistosa y se alejó de la mesa.

—¿Saben qué? Es un día cálido. Comamos afuera en el patio.

Todos la siguieron hasta la mesa del patio. Hacía una tarde perfecta. Mientras comían los deliciosos pastelitos, la Sra. Martin sonrió cálidamente y les ofreció más fresas y crema batida. Brianna siguió parloteando sobre su esguince y la bicicleta rota de Rafa. Luego le hizo a la Sra. Martin millones de preguntas sobre sus gatos. Rafa se alegró de poder hablar de algo que no fueran sus historias de terror, pero sentía en sus entrañas que detrás de la sonrisa de la mujer había un secreto.

—Tengo a Sombra, Sauce, al Señor Bigotes... —recitó la Sra. Martin—. Podría seguir todo el día. Hay tantos. A veces, uno aparece con otro gato y ese se queda. Eso fue lo que pasó con Balam. Un día, los otros gatos lo trajeron a casa.

—¿Ese es el que falta? —preguntó Brianna—. ¿Aún no ha regresado?

—No —dijo la mujer con tristeza—. Regresará a casa cuando haya terminado su aventura. Al menos eso espero.

Rafa siguió la mirada de la mujer, que se detuvo en una hilera de esbeltos cipreses que separaban la propiedad del espeso bosque.

—Tal vez regrese con un ratón muerto de regalo para usted —bromeó Brianna.

La Sra. Martin soltó una leve carcajada.

—Tal vez. En el pasado, los gatos me han traído una gran variedad de regalos como ratas, pájaros, lagartijas... El peor de todos hasta ahora fue una serpiente cabeza de cobre. Estaba muerta y le colgaba de la boca a Balam.

Rafa rio entre dientes.

—¿Balam es su favorito?

Ella asintió y sonrió.

—Balam es un gato protector —dijo—. Los otros gatos matan por diversión o deporte. Si Balam mata, siempre es para proteger.

—Vaya —dijo Rafa—. ¿Qué quiere decir "Balam"?

—En el idioma maya literalmente significa "jaguar". ¿Sabes quiénes son los mayas?

Rafa se inclinó hacia adelante.

—Más o menos. ¿Quiénes son?

—Los mayas son un pueblo nativo de Mesoamérica, incluyendo partes de México, de donde provienen tus abuelos. Mis antepasados también. Los mayas veneraban mucho al jaguar. Para ellos, este era una parte importante del ecosistema y un feroz protector. Ahora el jaguar está en peligro de extinción. Aquí en Estados Unidos solo quedan unos pocos en libertad. Uno de ellos se llama El Jefe.

Brianna rio.

—Genial.

—Un grupo de académicos le puso ese nombre —prosiguió la Sra. Martin—. Lo han visto en Arizona, pero sus avistamientos han disminuido con los años, lo cual no es una buena noticia.

Rafa se inclinó hacia delante para escuchar mejor, pero justo cuando pensaba que la historia de la Sra. Martin se estaba poniendo interesante, el abuelo se levantó de la mesa.

—Bueno, deberíamos irnos —dijo el hombre—. Casi es hora de recoger a Esperanza.

El abuelo le retiró la silla a Brianna. Rafa siguió su ejemplo y le retiró la silla a la Sra. Martin, que le sonrió cálidamente al levantarse.

—Tu abuela dice que eres un verdadero caballero. Ahora veo que es cierto.

Rafa le devolvió la sonrisa, y se disponía a seguir a su abuelo y a Brianna al interior de la casa cuando la Sra. Martin le tocó el hombro. El chico se volteó y ella le dio un fino cuaderno con forro de cuero.

—Lee la nota —dijo la mujer, y se dirigió a la casa.

El chico miró el cuaderno que tenía en las manos. En la portada había una nota escrita a mano.

Rafael:

Llévate este cuaderno a casa.
Léelo lo antes posible. Déjame
saber si algo te suena familiar.
Estaré esperando noticias tuyas.

Rafa abrió el cuaderno y vio páginas llenas de notas garabateadas en azul. Se detuvo en una página titulada "La maldición de la luna de sangre". El corazón se le aceleró al leer la primera línea: "Hace mucho tiempo, en una noche como esta, una luna de sangre se cernía sobre el Parque de Grainsville…".

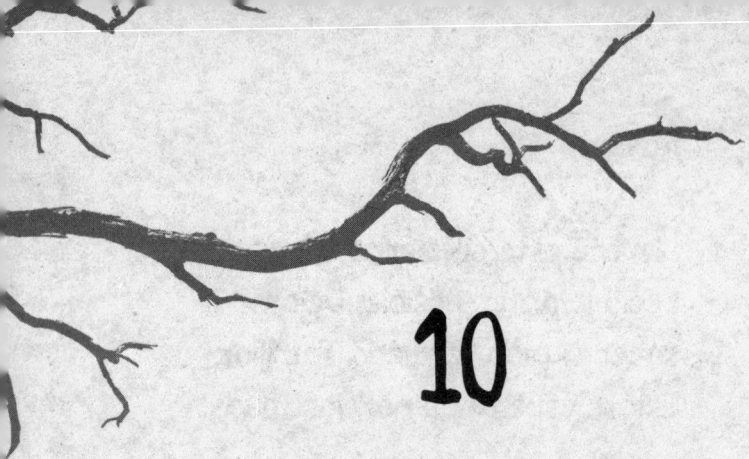

10

UN CUADERNO SALIDO DE LA TUMBA

Rafa mantuvo el cuaderno escondido todo el tiempo en el auto. Trataba desesperadamente de comprender lo que pasaba. ¿Cómo era posible que la historia que había contado el viernes por la noche estuviera escrita en este cuaderno?

Al llegar a la casa, se dirigió enseguida a su habitación, pero el abuelo le pidió que lo ayudara con la cena. Rafa guardó el cuaderno debajo del colchón y corrió a la cocina a preparar la ensalada. Su abuelo frio el pollo mientras la abuela le revisaba la muñeca a Brianna. Rafa cortaba lechuga con la mente llena de preguntas. ¿Por qué la Sra. Martin estaba siendo tan reservada? Toda la tarde, ella lo había presionado con las historias de terror que él había contado el viernes por la noche, y luego, ¡pum! La historia que él había contado estaba en su cuaderno. ¿Era suyo el cuaderno? Ni siquiera estaba seguro de esto. Un teléfono sonó en la sala. Desde la cocina, Rafa escuchó a su abuela contestar la llamada.

—Creo que ya cortaste la lechuga lo suficiente —le dijo el abuelo, asomándose de repente por encima del hombro del chico.

Rafa contempló la lechuga, cortada completamente en pedacitos como si fuera confeti.

—Mijo, no te distraigas cuando estés cortando —dijo el abuelo, dándole zanahorias para que rallara—. ¿Puedo confiarte esto?

—Sí, lo siento —dijo Rafa, agarrando las zanahorias.

Después de unos minutos, la abuela se paró en la puerta de la cocina y le sonrió débilmente.

—¿Estás bien, abuela?

—Sí, mijo. Voy a lavarme y tal vez después de cenar podamos tener una charla familiar.

—¿Pasa algo, Esperanza? —preguntó el abuelo.

—Una noticia inesperada.

Cuando todos estuvieron sentados para cenar, la abuela se apareció con los ojos rojos e hinchados, como si hubiera estado llorando. Rafa se preguntó si había pasado algo en su trabajo. ¿La habrían despedido? ¿Qué harían ahora si eso sucedía? Rafa le sirvió un poco de té helado mientras el abuelo servía los platos, repletos de pollo frito, arroz y ensalada. La abuela tomó un sorbo de té y se aclaró la garganta.

—Brianna, después de cenar, escribamos una nota de agradecimiento a la Dra. Leal. Tengo unas tarjetas bonitas que podemos usar en la gaveta de la cómoda.

Brianna asintió feliz.

—¿Fue ella quien llamó? —preguntó Rafa, comenzando a devorar un segundo muslo de pollo.

—No —dijo la abuela, mirando su plato—. Era otra persona.

Rafa pensó que tal vez debía tener algo que ver con Nikki. Pudiera ser que, después de todo, Nikki no vendría a casa este verano. Probablemente había cometido un error y ahora la retenían. Por un segundo se alegró, pero al otro lado de la mesa, la abuela lucía derrotada. Nadie había luchado tan duro por Nikki como ella. El chico no pudo evitar sentirse avergonzado por desear algo que le rompería el corazón a su abuela.

Cuando terminaron de comer, la mujer permaneció en la mesa, bebiendo té de su taza favorita. Rafa estaba ansioso por ir a leer el cuaderno, pero estaba claro que su abuela estaba lista para hablar.

—Rafa, la llamada telefónica era sobre ti. Era Nate Ashford, el tío de Cash. No puede llevarte al campamento a causa de tus notas.

—¡No es justo! —objetó Brianna.

Rafa sintió que todo el cuerpo se le contraía. Aunque esa noche en la casa del árbol había sospechado que Cash estaba tramando algo, la mala noticia lo afectó. Le dolió doblemente porque su abuela y Brianna se molestaron. Y, en el fondo, tenía muchas ganas de ir a ese campamento y ser un niño normal. Se sentó en silencio, tratando de entender qué pasaría ahora. No poder ir en el viaje significaba que estaría en casa cuando Nikki regresara. También significaba que sería la primera vez que Brianna pasaría la noche sola fuera de casa. ¿Podría arreglárselas su hermanita? Sabía que era fuerte, pero...

—No iré si no va Rafa. —Brianna frunció el ceño.

La abuela le dio unas palmaditas en la mano.

—Bueno, esa es tu decisión, mija...

—No —dijo Rafa, negando con la cabeza—. No deberías perderte esa experiencia. Tienes que ir y divertirte sin mí. No siempre estaré a tu lado, ¿sabes?

—¿Qué significa eso? —preguntó Brianna.

—Significa que a veces tienes que hacer cosas sin mí. Eso es todo.

—Lo siento, mijo —dijo la abuela con la voz entrecortada—. Ojalá te dieran un respiro.

Rafa se levantó y la abrazó.

—No pasa nada, abuela. Ya habrá otros campamentos.

Brianna comenzó a sollozar.

—¡Cuando sea rica, haré mi propio campamento e invitaré a todos los niños sin importar sus notas! —dijo, y se fue al cuarto molesta.

La abuela fue tras ella.

El abuelo le puso una mano en el hombro a Rafa y le besó la coronilla.

—Eres un buen hermano.

Rafael respiró hondo. Su teléfono sonó y él lo sacó del bolsillo. Jayden le había enviado un montón de emojis enojados junto con un mensaje de texto para que fuera a la casa del árbol.

Cuando Rafa llegó a su habitación, la abuela estaba

consolando a Brianna, que estaba tendida boca abajo en la cama, llorando sobre la almohada. El chico sacó el cuaderno de debajo del colchón, y la abuela le sonrió. Por un segundo, a Rafa se le ocurrió mostrarle el cuaderno y la nota, pero lo pensó mejor. Fuera lo que fuese, no quería aumentar las preocupaciones de su abuela, así que salió de la habitación.

—¿Puedo ir a casa de Jayden? —le preguntó al abuelo, que estaba fregando en la cocina.

—Envía un mensaje de texto cuando llegues —dijo el abuelo—. Cuando vayas a venir, avísame para encontrarnos en el parque y caminar juntos de regreso, ¿está bien?

—¿Caminar? —dijo Rafa, y entonces recordó la bicicleta rota.

Respiró hondo y exhaló lentamente. Todo a su alrededor parecía desmoronarse. Se ajustó los cordones de los zapatos y corrió a la casa del árbol de Jayden.

Al llegar, se sorprendió al encontrar allí a Jayden y a sus tres hermanas. Era la primera vez que veía a las hermanas de su amigo en la casita. Rafa solo tuvo que mirarlos a la cara para saber que habían estado hablando de él.

—¿Qué sucede? —preguntó, sentándose en un puf.

Las hermanas de Jayden le sonrieron y le preguntaron por la muñeca de Brianna.

—Está mejor. Sigue usando la tablilla —respondió Rafa, sin decir nada sobre el llanto de Brianna porque él no iría al campamento.

—Los Leal no vamos a permitir que no vayas al campamento —dijo Jayden.

—Estamos considerando no ir en solidaridad —añadió Nayeli.

Nora y Nilda estuvieron de acuerdo y asintieron entusiasmadas. Rafa no lo podía creer. En el fondo, se sentía bien contar con la lealtad de sus amigos, pero no quería ser el chico cuyas malas notas arruinaran el viaje de los demás.

—No puedo permitirles que hagan eso —dijo.

—¿Por qué no? —preguntó Jayden.

Rafa bajó la mirada y pensó en Brianna, llorando en su casa. Tragó saliva y con ella, el nudo que se le estaba formando en la garganta.

—Por Brianna. Ella está más entusiasmada con ir una noche de campamento que yo. Quiere hacer amigos.

Se hizo un silencio cómplice en la casa del árbol.

—Necesito que me garanticen que ella estará segura y se divertirá. Por alguna razón, hay chicos que la hacen pasar momentos difíciles.

—¿Por qué son tan malos con ella? —preguntó Nayeli—. Brianna es muy dulce e inteligente.

—Quisiéramos poder cambiarla por Jayden —dijo Nora.

Jayden frunció el ceño como si estuviera ofendido, pero Rafa sabía que solo estaba fingiendo.

—Hablamos de eso todo el tiempo —coincidió Nilda—. Qué lindo sería tener una hermana como Brianna en lugar de San Jayden, que quiere que recemos el rosario con él todas las noches.

—Ay, ay, ay —dijo Jayden, como si estuviera molesto.

Rafa no pudo evitar reírse.

—Entonces, está arreglado. La mejor manera de apoyar a Rafa es yendo al campamento y cuidando a Brianna —dijo Jayden como si estuvieran en una reunión oficial—. Yo haría lo mismo por mis hermanas, ¿sabes?

Las chicas negaron con la cabeza en señal de desacuerdo, lo que hizo a Rafa reír nuevamente.

—¿Qué harás mientras estemos fuera? —preguntó Jayden.

—Bueno, Nikki va a volver a casa, así que probablemente haré una maleta y me escaparé —dijo Rafa, encogiéndose de hombros.

Ante la mirada comprensiva de sus amigos, se sintió avergonzado por la naturalidad con la que lo había dicho. En el fondo, sabía que nunca dejaría atrás a Brianna. ¿A dónde iría? No tenía a nadie más en el mundo excepto a sus abuelos y su hermana. Se encogió de hombros nuevamente.

—Probablemente me quede en mi habitación y escriba más historias de terror.

—Hablando de historias de terror —dijo Jayden, sacando la cámara del bolsillo—, revisé la grabación del dron de ayer en el bosque para ver al ladrón de cojines y... —Jayden miró a sus hermanas, que todavía charlaban—. Este... chicas, ya pueden irse. Muchas gracias por nada.

—Como quieras —dijo Nayeli, poniéndose de pie.

Las tres chicas se marcharon, no sin antes lanzarle a su hermano una retahíla de insultos tontos. Tan pronto como estuvieron fuera de vista, Jayden volvió su atención al teléfono.

—En fin, miré y no hay señales del niño en el bosque, hermano.

Rafa negó con la cabeza.

—Eso no puede ser. Sé que lo vi.

—Mira. —Jayden reprodujo el video, avanzándolo hasta el momento en que recuperaron el primer cojín.

El dron pasó sobre los árboles y se acercó al cojín que estaba apoyado contra la cerca. Saber que estaba a punto de volver a ver al niño fantasmal hizo que Rafa se estremeciera.

—Esta parte está extraña.

El cojín se volteó de lado abruptamente y se deslizó unos centímetros sobre la hierba, como si alguien lo hubiera agarrado. A continuación, no se vio nada más que estática.

—Supongo que fue entonces cuando el dron cayó al suelo —dijo Jayden—. Espeluznante, pero no hay ningún niño.

Rafa sintió que se le ponía la piel de gallina.

—Jayden, ese cojín no pudo moverse por sí solo. Seguramente fue el niño quien lo movió.

—Puede haber sido una ráfaga de viento. No obstante, sigue siendo muy raro, ¿no?

—No, fue él —insistió Rafa, negándose a creer que fuera el viento.

En el libro que había visto en la librería, los fantasmas parecían siluetas medio luminosas, reflejos desfigurados y manchas grises. Rafa le arrebató el teléfono a Jayden y le dio hacia atrás al video. Congeló la pantalla e hizo zoom sobre una luz pálida borrosa. Al acercarla, la luz tomó ligeramente la forma de un niño agachado.

—¡Es él! ¿Lo ves?

—Admito que se ve algo raro cuando haces zoom, pero con el sol y el dron... probablemente solo sea una sombra. No veo nada más.

Rafa se recostó, molesto porque Jayden no le creyera. Le devolvió el teléfono a su amigo.

—No quise arrebatártelo.

Jayden sonrió y se encogió de hombros.

—Creo que todas las historias de fantasmas te están afectando.

—Sí, debe ser eso —dijo Rafa en voz baja, palpando el cuaderno que llevaba en el bolsillo interior de la sudadera.

Había planeado mostrárselo a Jayden, pero ahora había cambiado de opinión. Si este no le creía que había visto un niño fantasma, de ninguna manera iba a creer lo que estaba escrito en el cuaderno.

—Tengo que irme —dijo, poniéndose de pie.

—¿Estás bien? —preguntó Jayden—. No te preocupes por lo del campamento ni por el chismoso de Cash. Le haré saber cuán horrible es lo que ha hecho.

—Cash es el menor de mis problemas —respondió Rafa, dejando a Jayden solo en la casa del árbol.

El chico le envió un mensaje de texto a su abuelo en cuanto comenzó a caminar rumbo al parque, donde el hombre lo estaba esperando. Mientras caminaban juntos de regreso a casa, Rafa reprodujo el video en su cabeza. Tenía la sensación de que su mundo estaba patas arriba.

—¿Todo bien, mijo? Estás muy callado —dijo el abuelo—. ¿Estás triste por no poder ir al campamento?

Rafa negó con la cabeza. Por un segundo, pensó en contarle a su abuelo sobre el niño que había visto en el bosque y que Jayden no le creía, pero quizás su abuelo tampoco le creería.

¿Acaso estaba todo conectado? La Sra. Martin había estado buscando libros de fantasmas en la librería y él había visto uno con sus propios ojos. Además, ella le había advertido sobre las historias de fantasmas. Y su historia sobre la luna de sangre, hasta donde sabía, estaba en el cuaderno que ella le había entregado.

Normalmente, les habría contado todo a sus abuelos. Ese había sido el trato que hicieron cuando Brianna y él se mudaron con ellos. Todavía podía escuchar la voz de su abuela diciendo: "Los secretos son peligrosos". Pero este asunto le parecía demasiado aterrador para hablarlo en voz alta. Rafa pateó una piedra, lleno de frustración por no poder hablar del asunto con nadie.

Cuando llegaron a la calle donde vivía la Sra. Martin, la encontraron llamando a Balam desde el portal de su casa. El abuelo avanzó hasta el borde del camino de entrada.

—Xanath, ¿necesitas ayuda? —preguntó.

Rafa se quedó al otro lado de la calle, deseando que la Sra. Martin no lo viera. No estaba listo para enfrentarla nuevamente sin haber leído primero el cuaderno que le había dado.

—¡Hola, Roberto! Estoy llamando a ese gato travieso. —Rio nerviosamente—. Qué tengas buenas noches.

El abuelo regresó al lado de Rafa con el rostro lleno de preocupación.

—Ese gato la va a matar.

—¿Qué quieres decir? —preguntó Rafa, mirando hacia la casa de la mujer.

—Quiero decir que ese gato perdido la estresa demasiado.

—¿Hace cuánto que conoces a la Sra. Martin?

—Bueno, en realidad somos primos.

—¿Cómo? —Rafa se detuvo y miró fijamente a su abuelo—. ¿Estoy emparentado con ella?

—Somos primos lejanos —dijo el abuelo, dándole a Rafa una palmadita en el hombro para que siguiera caminando—. Su abuela y mi abuelo eran hermanos. Tu abuela conocía a su hermano porque iban a la misma escuela, pero como ella te dijo, el chico murió muy joven. Y entonces la familia se mudó.

—Abuela dijo que la Sra. Martin creía que su hermano había sido asesinado en el bosque.

—No fue asesinado —dijo el abuelo—. Se ahogó en el Parque de Grainsville. Aunque eso fue hace mucho tiempo. Ese estanque se secó hace años.

Rafa tomó una nota mental para investigar más al respecto. ¿Acaso era una coincidencia que el niño que había visto en el bosque y luego en su pesadilla apareciera empapado? ¿Era una coincidencia que su historia incluyera a una niña llamada Tessa, que estaba precisamente junto a un estanque? Un estanque que aparentemente ya no existía en el Parque de Grainsville.

Cuando llegaron a casa, Brianna estaba sentada a la mesa de la cocina.

—¡Rafa! —exclamó la chica cuando lo vio—. ¿Quieres ver el cartel que le estamos haciendo a Nikki?

Antes de que el chico pudiera responder, su hermana levantó un cartel que decía: "¡BIENVENIDA A CASA! ¡ESTAMOS ORGULLOSOS DE TI!".

—Bien hecho —dijo, aliviado al ver que Brianna se había levantado y que ya no lloraba.

Se fue a su habitación y cerró la puerta tras de sí. Se sentó en la cama y abrió el cuaderno. Primero lo hojeó buscando un nombre. ¿A quién pertenecía? ¿Eran estos garabatos y bocetos de la Sra. Martin? Finalmente, halló la respuesta.

En el interior de la contracubierta había un exlibris:

>Este cuaderno pertenece a:
>
>*Xavier Martin, 1975*

Rafa se puso repentinamente triste. En sus manos sostenía el cuaderno del hermano pequeño de la Sra. Martin. Pasó las páginas con temor hasta encontrar la historia que había visto antes. Empezó a leer.

> "La maldición de la luna de sangre"
> Hace mucho tiempo, en una noche como esta, una luna de sangre se cernía sobre el Parque de Grainsville. Dos niños encontraron un estanque que no habían visto antes. De repente, apareció una niña que sollozaba junto al estanque...

11

ESTOY AQUÍ

Rafa estaba tumbado en la cama, mirando fijamente el techo. Podía jurar que el cuaderno que tenía guardado bajo el colchón latía como un corazón que lo mantenía despierto. Brianna estaba a su lado profundamente dormida. Rafa deseaba poder dormir como ella. A él siempre le costaba mucho quedarse dormido, y se quedaba horas mirando al techo o se ponía a escribir una historia. Su hermana siempre se despertaba llena de energía, mientras que él siempre pedía que lo dejaran dormir diez minutos más. La noche que se enteró de que Nikki iría a la cárcel, no pudo dormir nada. Fue tan terrible que al día siguiente se quedó dormido en el salón de clases. La profesora lo despertó con un codazo y lo envió a la oficina del subdirector con una nota. Rafa no tenía idea de lo que decía la nota, pero el subdirector la leyó y le dio a Rafa una manta y le dijo que se acostara en el sofá de su oficina antes de dirigirse a una reunión. El chico no estaba acostumbrado a que los adultos fueran tan amables.

Cuando despertó, tres horas después, sus abuelos estaban allí. También estaba presente una consejera del distrito escolar, quien le sugirió diferentes técnicas para dormir, como ejercicios de respiración, meditación y música relajante, pero nada de computadoras, teléfonos ni azúcar dos horas antes de acostarse. El chico lo intentó todo, y esto lo ayudó hasta el día en que supo que Nikki volvería a casa. Ahora el insomnio había vuelto, y las pesadillas también.

Estaban comenzando a pesarle los párpados cuando vio una sombra pasar junto a la ventana. Se asomó por detrás de las cortinas y vio a su abuelo yendo hacia la entrada de la casa. De la espalda del hombre colgaba un rifle. El pánico se apoderó de Rafa. Nunca había visto a su abuelo con un arma. ¿Por qué estaba despierto tan tarde? Abrió la ventana.

—¡Abuelo! —gritó lo más bajo que pudo.

El abuelo lo saludó con la mano. Rafa agarró sus tenis y

salió de la habitación lo más sigilosamente posible para no despertar a Brianna.

El hombre estaba en el portal mirando hacia la calle.

—¿Qué sucede? —preguntó Rafa, manteniendo la voz baja.

—Había un gato grande ahí —dijo el abuelo con voz firme.

—¿Qué clase de gato? —preguntó Rafa, escudriñando el patio.

Tal vez el animal seguía allí, acechando detrás de algún arbusto.

—En esta zona, lo más probable es que sea un puma o un gato montés, pero con esas marcas, apostaría por un puma adulto.

—¿Marcas?

—Mira —dijo el abuelo, alumbrando con la linterna la puerta detrás de Rafa.

Rafa se dio vuelta lentamente, esperando que las marcas no fueran de sangre o tripas. La linterna iluminó unos largos rasguños que recorrían la puerta principal de la casa. Rafa se acercó y recorrió las marcas con las yemas de los dedos. Cada hendidura era profunda como una uña y extrañamente cálida, como si el gato hubiera estado allí hacía poco.

—Por lo general, rasguñan los árboles para marcar el

territorio y enviarles un mensaje a otros depredadores. Nunca había oído hablar de uno que se acercara tanto y rasguñara la puerta de una casa.

—¿Qué tipo de mensaje? —preguntó Rafa.

—"Estoy aquí".

—"Estoy aquí" —repitió el chico, y una ráfaga de viento cálido susurró entre los árboles.

Rafa recordó la historia que le había contado a Brianna sobre el gato que se convertía en jaguar. Ese también había rasguñado una puerta. Tenía que haber alguna otra explicación.

—¿No serían niños jugando con una navaja?

El abuelo negó con la cabeza.

—Esas no son marcas de cuchillo. Raspó la madera y dejó una marca de tres pulgadas. Eso es muy diferente al corte de un cuchillo.

Rafa señaló el rifle que su abuelo llevaba colgado a la espalda.

—¿Pensabas dispararle?

—Solo para espantarlo, mijo. Está cargado con salvas. —El abuelo apagó la linterna—. Volvamos adentro. Mañana llamaré al departamento local de vida silvestre y reemplazaré la puerta.

—Abuelo —dijo Rafa, vacilando antes de entrar—. No creerás que pueda ser un jaguar, ¿verdad?

Su abuelo se quedó mirándolo.

—¿Como en la historia que le contaste a Brianna?

Rafa se sintió avergonzado bajo la mirada del hombre. Tenía que admitir que la idea parecía una locura. Aun así, apretó los labios y asintió.

—No, mijo —respondió el abuelo abriendo la puerta—. ¿Recuerdas lo que dijo la Sra. Martin sobre los jaguares? Están en peligro de extinción. Los pocos que quedan probablemente estén en Arizona, no en Missouri. Ahora, vete a la cama. No te preocupes por el puma.

Rafa quería dormir, pero no podía dejar de pensar en los rasguños. Agarró el teléfono y se puso a mirar las marcas que hacían los pumas. En la pantalla apareció una avalancha de imágenes. Todas las marcas parecían un poco más pequeñas que las que habían hecho en la puerta de su casa. Entonces buscó marcas de jaguar y se estremeció. Los rasguños del jaguar eran largos y anchos, iguales a los de la puerta.

Brianna se movió.

—Duérmete ya —murmuró, tapándose la cabeza.

—Lo estoy intentando —susurró el chico—. Lo siento.

Se levantó, tomó su cuaderno de historias de terror y el

teléfono. Luego sacó el cuaderno de debajo de la cama y se fue al sótano.

Al llegar allí, se sintió como un extraño invadiendo el espacio de otra persona, a pesar de que esa había sido su habitación durante los últimos dos años. Por un segundo pensó en sentarse en la cama, pero no le pareció adecuado. Pronto sería la cama de Nikki. Muy pronto ese lugar sería la habitación de Nikki. Nikki estaría allí. ¿Cómo sería toparse con ella en la cocina? ¿Sentarse a la mesa con ella? ¿Querría ella darle un beso de buenas noches? Recordó las historias de terror que había escrito sobre los niños atormentados por fantasmas ruidosos. Le pareció que sería así. Nikki entraría a una habitación y él haría todo lo posible por ignorarla. Ella le hablaría y él fingiría no escucharla. No la quería allí, pero como ocurriría con los fantasmas de la historia, ella haría lo que quisiera y se preocuparía poco por lo que él pensara al respecto.

Abrió el cuaderno y buscó la historia de "La maldición de la luna de sangre". De la misma manera que había comparado las marcas de las garras del jaguar y del puma, ahora comparó su historia y la de Xavier. Ambas comenzaban con una luna de sangre y terminaban con un celador fantasmal que susurraba: "Uno, dos, viene por ti el celador". Rafa tomó la libreta y anotó todas las similitudes entre las historias y lo que había visto hasta ahora.

> Luna de sangre sobre el Parque de Grainsville
>
> Mensaje telefónico: "Uno, dos, viene por ti el celador".
>
> El banco dedicado a Tessa (¿la chica del estanque?).
>
> Niño en el bosque (¿fantasma?).
>
> Mensaje críptico: "Tres, cuatro, te ahogarás en el charco".
>
> Pesadilla con el mismo niño del bosque diciéndome que corra.
>
> Rasguños en la puerta de un gato grande como en la historia del jaguar.

El corazón le latió con fuerza. Sintió que la habitación lo asfixiaba. Era innegable que partes de sus historias se estaban haciendo realidad. ¿Cómo era posible? Respiró hondo. *Inhala. Exhala.* Sostuvo el cuaderno de cuero y deseó poder romperlo. No se suponía que las historias de terror se hicieran realidad. Las historias de terror eran divertidas e inofensivas. ¿No era eso lo que había dicho la abuela? Pero si sus historias se estaban haciendo realidad, ¿significaba eso que todos estaban en peligro por su culpa? Rafa arrojó el cuaderno al otro lado de la habitación, golpeando el tapiz enmarcado que su abuela le había comprado a Nikki. El marco cayó al suelo y se rompió, y el chico se quedó mirándolo en *shock*. ¿Qué había hecho?

Esperaba que en cualquier momento su abuelo viniera corriendo para ver qué había pasado. ¿Cómo se lo explicaría? Pasaron unos minutos, pero nadie bajó las escaleras. Rafa recogió el cuaderno del suelo y apoyó el marco roto contra la pared. Había cristales esparcidos por todas partes. ¿Por qué todo se derrumbaba y se desmoronaba a su alrededor? No podía explicarlo. Solo sabía que la Sra. Martin le había dado el cuaderno de Xavier por alguna razón, y de alguna manera necesitaba que ella respondiera todas sus preguntas.

12

EL POEMA DEL ESTANQUE

Con los ojos entrecerrados, Rafa vio a la abuela parada junto a él con expresión preocupada.

—¿A qué bajaste, mijo?

Rafa se levantó del suelo del sótano y se desperezó.

—Quería seguir leyendo.

Entonces recordó el marco. Miró hacia la pared y luego al suelo, buscándolo.

—Lo recogí —dijo la mujer, y una expresión de dolor le cruzó el rostro—. Sabía que terminarías extrañando tu habitación. Lo siento, mijo.

—No, no es eso, abuela. Fue un accidente. De verdad.

—Te creo, mijo. —Le sonrió—. Pero levántate. Brianna nos hizo *waffles*. —Se dio vuelta para marcharse y entonces vio el cuaderno de Xavier—. ¿De dónde salió eso?

—Me lo dio la Sra. Martin —respondió—. Son historias de terror.

No era del todo una mentira. El cuaderno era bastante aterrador.

—Tal vez deberías tomarte un descanso de las historias de terror —dijo la mujer en voz baja—. Todo el vecindario está en vilo. Ya viste la puerta, ¿verdad? Resulta que anoche rasguñaron otras puertas.

—¿No fue solo la nuestra?

—Casi todas las casas de nuestra calle —respondió la abuela, y subió las escaleras hasta la cocina.

Rafa la siguió y corrió a lavarse. Quería ver a la Sra. Martin y preguntarle sobre el cuaderno. Jayden le había enviado una foto de la puerta de su casa y un enlace de video del departamento local de vida silvestre advirtiendo sobre un posible puma agresivo en el área.

Brianna se le acercó.

—¿Viste la puerta? Es como la historia del jaguar.

Las palabras de Brianna lo sobresaltaron. Su hermana tenía razón, pero no podía decirle lo que sospechaba. No podía involucrarla. Se colgó la mochila al hombro.

—No se parece en nada a mi historia —se burló.

—¡Espera! ¿Vas a salir?

—No tengo tiempo para explicarte, Brianna. Tengo que hablar con la Sra. Martin. Ahora vuelvo —dijo, apurándose en llegar a la puerta.

—¿Puedo ir contigo?

—No esta vez.

—¡Pero te hice unos *waffles* deliciosos! —gritó la chica, pero Rafa ya cruzaba la calle hacia la casa de la Sra. Martin.

Cuando llegó a la casa de la mujer, la puerta estaba abierta, y Rafa notó que también estaba rasguñada. Se asomó.

—¿Sra. Martin?

—¡Entra, Rafael! ¡Estoy en el comedor! —gritó la mujer desde el fondo.

Al avanzar por el pasillo vio gatos echados cerca de las ventanas, tomando el sol. La Sra. Martin estaba sentada a la gran mesa del comedor, y lucía bajita y desaliñada. Al acercarse, vio que tenía sombras oscuras bajo los ojos. Se preguntó si ella también tendría dificultades para dormir. Sobre la mesa había un marcador amarillo, lentes para leer y tres cuadernos. Uno de ellos estaba abierto, como si el chico hubiera interrumpido su lectura.

Rafa respiró hondo y mostró el cuaderno de Xavier Martin.

—¿Cómo es posible que su hermano Xavier y yo hayamos escrito la misma historia si yo nunca había visto su cuaderno? ¿Qué está sucediendo?

La Sra. Martin lo miró a los ojos.

—¿Te refieres a la historia del celador?

Rafa asintió y se acercó a la mesa. Abrió su cuaderno y le mostró la historia a la mujer.

—Es la misma historia que le conté a Jayden el viernes por la noche.

La Sra. Martin lo contempló y se cubrió la cara con las manos.

—Eso es lo que temía.

Rafa sintió una oleada de calor.

—¿A qué se refiere? ¿Qué cosa temía?

—Siéntate. —La mujer se puso de pie y lo llevó hasta una silla junto a la mesa.

Rafa se sentó de mala gana, y ella le sirvió té y le alcanzó un plato con rodajas de manzana recién cortadas. El chico comió una rodaja y probó el té. Era de canela, delicioso y no demasiado dulce.

—Intentaré explicártelo, pero ¿por dónde empiezo?

—Por el principio —dijo Rafa—. Todas las historias tienen uno.

—Tienes razón —asintió ella—. La única razón por la que regresé de Florida fue porque mi hermano Xavier me apareció en un sueño una noche. Hacía años que no soñaba con él. En el sueño, me dijo que el celador había regresado. Dijo que morirían más niños si no encontraba al narrador. —La Sra. Martin hizo una pausa—. Me asusté porque la última vez que había escuchado ese nombre fue hace casi cincuenta años en un cuento que había escrito mi hermano. Dos días después de escribirlo, encontraron su cuerpo sin vida en el Parque de Grainsville.

Rafa tragó saliva con dificultad.

—Mi abuelo dijo que su hermano se había ahogado. ¿Es cierto eso? —preguntó en voz baja, preocupado por que fuera de mala educación preguntar, pero sentía que era importante saber la respuesta.

—Oficialmente dijeron que se había ahogado, pero yo creo que fue asesinado.

Rafa pensó en el niño que había visto en el bosque, con aspecto de estar empapado.

—¿Por qué?

—Cuando regresé, encontré el cuaderno de Xavier en el

fondo de una caja polvorienta y releí la historia. Descubrí que desde que mi familia se fue de aquí, varios niños han muerto en el Parque de Grainsville, siempre en la época de la luna de sangre. —Golpeó un cuaderno naranja que estaba sobre la mesa frente a ella—. En 1985 encontraron el cuerpo de Aisha Silva. Este cuaderno le pertenecía. —Le dio el cuaderno a Rafa—. En él hay un poema escalofriante que menciona a un celador.

La página estaba llena de garabatos, pero Rafa pudo leer bien.

"El poema del estanque" de Aisha Silva

Niña, niña, mira a la luna.

El celador te vigila y volverá pronto.

Niña, niña, parada junto al estanque.

La niebla se acerca y pronto te habrás ido.

Niña, niña, ¿cómo te la llevaste?

Entre gritos y llantos, dice el celador.

Niña, niña, ¿por qué lloras?

Porque eres la siguiente y dormirás para siempre.

—¿Cómo? —dijo Rafa, incapaz de articular nada más.

La mujer colocó un cuaderno de bocetos frente a él.

—Hay más. Este cuaderno perteneció a Noah James. Contiene una historia idéntica sobre un celador asesino. —Rafa recorrió con la mirada el cómic que narraba la misma historia—. Encontraron su cuerpo sin vida, ahogado, en 1998. También está el caso de Isabel Stork, de doce años, encontrada en 2019. —La Sra. Martin le dio un cuaderno Moleskine de color rojo sangre—. No solo escribió una historia similar, sino que también dejó una nota peculiar. —La mujer señaló una nota al final de la página.

VOY A VER A LA NIÑA QUE ESTÁ JUNTO AL ESTANQUE. JUNTAS DETENDREMOS AL CELADOR. SI ENCUENTRAS ESTE CUADERNO, ES QUE FRACASÉ.

Rafa se preguntó si en lugar de una nota ese era el comienzo de una nueva historia, una que la chica no pudo terminar. Por otra parte, si se trataba de una simple nota, ¿a quién estaba dirigida? ¿Por qué habría ella pensado que la niña del estanque realmente existía y que podía encontrarla? Pero había algo más que le molestaba a Rafa.

—¿Cómo consiguió todos estos cuadernos?

—Rastreé a los padres. Algunos de ellos todavía viven en el pueblo. Les pregunté si por casualidad a sus hijos les gustaba escribir historias de terror. Estos tres lo hacían. Pedí que me dejaran ver las historias o los cuadernos; es sorprendente lo que guardan los padres. Con mucho gusto ellos me los entregaron. En cualquier caso, mi temida hipótesis quedó confirmada. Todos estos niños, al igual que Xavier y que tú, contaron la historia del celador durante una luna de sangre.

Rafa le dio vueltas en la mente a estas palabras.

—¿Quiere decir que todos los que escriben sobre el celador mueren en el Parque de Grainsville?

—Sí —respondió la mujer.

Rafa negó con la cabeza, incrédulo. ¿Acaso podía confiar en ella? ¿No había dicho su abuela que últimamente se había comportado de forma extraña? Contempló a un gato que estaba acurrucado sobre una ouija en un rincón de la habitación. De pronto no quería permanecer en esa casa ni un segundo más. Se levantó de la silla y metió su cuaderno en la mochila.

—¿Adónde vas? —preguntó la mujer al verlo dirigirse hacia la puerta—. ¡Rafael Fuentes! —gritó la Sra. Martin.

El chico se detuvo, pero no se volteó hacia ella.

—No importa si me crees o no. Estos cuadernos demuestran que existe una conexión. Eres el primer niño que conozco que ha contado la historia del celador y todavía está vivo. Tú podrías ser la clave, pero si te vas ahora, otros niños estarán en peligro, incluido tú. El celador es real.

Rafa se volteó y la miró fijamente, sintiendo que la fuerza de sus palabras lo azotaba como un viento feroz.

—Brianna y Jayden —murmuró—. Todos los niños del pueblo irán a acampar al bosque en un par de días. ¿Están en peligro?

Una expresión de alarma cruzó el rostro de la Sra. Martin.

—Ningún niño debería ir al bosque en este momento —dijo—. Nuestra única esperanza es que todo el pueblo piense que hay un puma agresivo suelto... Tendrán que cancelar el viaje.

Rafael asintió. No estaba seguro de si debía decirle a la mujer que se trataba de un jaguar. Sacó el cuaderno de su mochila y lo abrió en la lista que había hecho.

—Anoche hice una lista completa de extrañas coincidencias que han ocurrido desde que conté la historia del celador y la del jaguar.

La Sra. Martin se puso los lentes y se inclinó. Leyó la lista de Rafa con calma y al terminar se tapó la boca con la mano.

—¿Qué ocurre?

—Ese chico que viste en el bosque... —Se levantó de la mesa, tomó una fotografía de un estante y se la dio a Rafa. En la foto aparecía ella adolescente, de pie y con el brazo alrededor de un niño—. ¿Se parecía a él? ¿Era Xavier?

En la foto, Xavier parecía un chico cualquiera de la escuela de Rafa. El cabello oscuro le caía sobre los ojos y tenía una sonrisa amplia y natural. Llevaba una camiseta de Godzilla y unos *jeans*. En los brazos sujetaba un gato que se parecía mucho al que la Sra. Martin llamaba Balam. Rafa miró la foto más de cerca. Era una foto antigua, pero no había duda de que el niño que había visto en el bosque y en su pesadilla se parecía a Xavier, y la posibilidad de que fuera él de alguna manera hizo que sintiera menos miedo. Era un chico como él. ¿Quizás todo este tiempo Xavier había estado tratando de advertirle algo y no de lastimarlo? Rafa sintió los ojos de la Sra. Martin sobre él, esperando una respuesta.

—No estoy seguro, pero creo que sí.

La Sra. Martin besó la foto y la dejó sobre la mesa.

—Escribiste que había un banco dedicado a alguien llamado Tessa —dijo, señalando la lista—. No he visto ningún registro de una chica llamada Tessa.

—Creo que eso se debe a que usted buscó los registros de niños que murieron en el parque *después* de que su familia se mudara. La placa del banco decía "1974". ¿Cuándo murió Xavier?

La Sra. Martin alzó la vista como si una luz se hubiera encendido en su cabeza.

—En 1975. ¿Cómo no me di cuenta?

—Creo que ella es importante —dijo Rafa—. Aparece en todas las historias, e incluso en la nota de Isabel. Dice: "Voy a ver a la niña que está junto al estanque". Esa es Tessa.

—¿Qué te hizo crear esta lista? Fue algo muy ingenioso.

Rafa buscó la mejor manera de explicarlo.

—Me gusta escribir cosas —respondió—. Me calma y me ayuda a comprender mejor mis pensamientos. Mi abuela dice que por eso escribo historias de terror.

—Hum —dijo la Sra. Martin, estudiando al chico—. Eso se llama estrategia de afrontamiento.

—Supongo que lo es —dijo Rafa, y se encogió de hombros. Si ser una estrategia de afrontamiento significaba que lo ayudaba a dormir por la noche, estaba en lo cierto—. Entonces, ¿sirve de algo la lista?

—Me interesa más lo que piensas tú. ¿Qué crees que significa todo esto?

Rafa se sintió repentinamente presionado.

—Para eso estoy aquí —dijo irritado—. Vine en busca de respuestas. Usted debe saber *algo*.

La Sra. Martin negó con la cabeza lentamente.

—Lamento decepcionarte, pero no sé nada.

Rafa decidió decirle lo que pensaba sin importar que las siguientes palabras que salieran de su boca sonaran desquiciadas.

—Mis historias se están volviendo realidad. Ese día usted me advirtió que no contara historias de terror durante la luna de sangre, pero no la tomé en serio. Ahora el celador está aquí y también hay un jaguar suelto. Esas marcas de garras en las puertas de todos son de un jaguar, no de un puma. Lo busqué anoche.

—Continúa —dijo la mujer.

Rafa esperaba una recepción más negativa. Había esperado que ella negara con la cabeza y lo reprendiera o tal vez hasta se riera de él, pero en lugar de eso la mujer se inclinó hacia adelante.

—En mi historia, el jaguar rasguñaba una puerta. —Pasó las páginas de su cuaderno hasta llegar a la historia del gato que se convertía en jaguar—. Los jaguares salvajes no se encuentran en Missouri y, como usted dijo, solo se ha visto un par de ellos en todo el país. Pero si las dos historias que conté durante la luna de sangre se volvieron realidad... entonces mi historia trajo al jaguar. Sé que fue así.

La mujer se reclinó en la silla con una mirada pensativa.

—Debería haber hecho un mejor trabajo advirtiéndote, Rafa. Todo esto es mi culpa.

—Entonces, ¿es cierto? ¿Cómo es posible?

—No estoy segura, pero sé que en la antigüedad muchas culturas creían que la luna de sangre o el eclipse lunar eran una advertencia del mal que se avecinaba. Servía como recordatorio para estar siempre alerta. En la actualidad hay quien cree que despierta a los fantasmas. Bajo la luna de sangre los espíritus siniestros se aferran a los niños, especialmente a los que tienen una inclinación por lo sobrenatural. Te cuentan la historia para poder volver a perseguirte. Creo que este es el caso del celador.

—¿Acaso el jaguar es malvado? —preguntó Rafa—. ¿Él también viene a buscarnos?

—Creo que el jaguar es Balam, mi gato perdido —dijo la

mujer completamente seria—. Con el poder de la luna de sangre, se aferró a tu historia y se transformó en jaguar.

Rafa guardó silencio, rumiando estas palabras.

—¿Entonces me cree? ¿Cree que mis historias causaron todo esto?

—Sí —dijo la Sra. Martin, poniéndose de pie—. Tengo algo que enseñarte. Más pruebas de que el jaguar está a la caza.

13

UNA ADVERTENCIA DEL MAL

Bajo la luz del sol, la piscina de la Sra. Martin refulgía de azul y plata, y el relajante flujo de agua de la fuente le recordó a Rafa lo somnoliento que aún estaba. Una hamaca atada entre dos árboles le resultó tentadora, pero su curiosidad superó la fatiga.

La Sra. Martin se detuvo cerca del límite de su propiedad, donde la hilera de esbeltos cipreses hacía guardia.

—Las encontré esta mañana —dijo, señalando unas huellas en el lodo que iban del jardín al bosque.

Rafa se agachó, tocó una de las huellas y la comparó con las imágenes que había guardado en su teléfono.

—Sin dudas son huellas de jaguar. Ojalá pudiera verlo.

—Ten cuidado con lo que pides, Rafa. El poderoso jaguar te verá antes de que tú lo veas a él, y puede matar de un solo ataque.

—Pero ayer usted dijo que Balam solo mataba para proteger.

—Estabas prestando atención —dijo la mujer—. Balam es un protector; es cierto.

—¿No podría ir tras el celador por nosotros?

—Rafa, esto no es Godzilla contra King Kong —dijo la Sra. Martin arqueando las cejas—, aunque admito que es una buena idea. Me parece curioso que Balam te haya seguido el viernes. O percibió nuestro linaje o sabía que se estaban gestando problemas y quería protegerte.

—¿Nuestro linaje?

—¿Tu abuelo te dijo que somos parientes?

—Primos lejanos —respondió el chico.

—No tan lejanos. —La Sra. Martin negó con la cabeza—. Mi abuela, Socorro Fuentes, era tía abuela de tu abuelo. Se casó con un hombre llamado José Martínez. Se dice que José encontró un gato herido en su rancho de Arizona. Cuidó del gato hasta que este se recuperó y lo trajo consigo a Missouri. Un día se dio cuenta de que el gatito herido era un cachorro de jaguar. José no dijo nada para mantener a salvo al jaguar, pero una noche lo dejó salir a vagar y este nunca regresó. Días más tarde, escucharon rumores de que un cazador estaba vendiendo pieles exóticas. Mi abuela fue a verlo y confirmó que se trataba de la piel de un jaguar. Poco tiempo después, apareció en la puerta de la casa un gatito con las mismas marcas de jaguar y ojos ámbar. Mi abuela decía que el jaguar quería tanto a nuestra familia que con el último aliento había transferido su alma a un gatito. Recuerdo la presencia del gato siempre cuando era niña. Yo pensaba que la historia era una simple leyenda familiar, pero mi padre insistía en que era verdad. Cuando Xavier murió, Balam también desapareció. Lo buscamos, pero tuvimos que irnos. Según mi abuela, Balam estaba vinculado a nuestra familia. Podíamos confiar en que siempre regresaría con alguien de nuestro linaje. Hallé consuelo en esa idea. Cuando regresé aquí, recogí todos los gatos callejeros que encontré. Un día apareció Balam. Me encontró tal como mi abuela dijo que lo haría.

Rafa recordó lo que decía su abuelo de que los grandes felinos les dejaban un mensaje a otros depredadores con sus rasguños.

—Si es un protector... tal vez los rasguños en las puertas son una manera de decirle al celador que se mantenga alejado.

—Rafa, para ser tan joven eres bueno analizando las cosas.

—Siempre he tenido que hacerlo.

—¿Estás hablando de la vida con tu mamá?

Rafa asintió y miró la huella que estaba entre ellos.

—¿Usted la conoce?

—No, pero tu abuela me ha hablado mucho de ella. Me dijo que no te hace feliz que Nicole venga a vivir con ustedes. ¿Te gustaría hablar de ello?

—Realmente, no. Un fantasma a la vez, por favor.

—Hum —dijo la mujer con una cálida sonrisa—. Te entiendo, Rafael Fuentes. Las historias que cuentas pueden ser oscuras, pero tu corazón es pura luz. No lo olvides.

Estas palabras lo envolvieron en un cálido abrazo y lo alegró ser considerado un ser luminoso. Le gustaba la idea de que fueran primos lejanos.

—Entonces, ¿ahora puedo decirle prima?

La Sra. Martin soltó una ligera carcajada.

—Claro.

—Hay algo más —dijo Rafa—. La vi en la librería. Tomó un libro de fantasmas y luego lo devolvió al estante y dijo que era inútil.

—¿Siempre has sido tan observador?

—He aprendido a serlo —respondió el chico.

—Sí, eso tiene mucho sentido —dijo la mujer, asintiendo. Su teléfono sonó, y ella leyó el mensaje y sonrió—. Observador, pero no respondes los mensajes de texto de tu abuelo. Viene en camino a recogerte para ir a la ferretería.

Fueron al portal a esperar, pero Rafa todavía sentía que tenía cientos de preguntas sin contestar.

—¿Cómo detenemos al celador?

—Seguiré buscando respuestas en los cuadernos.

—Puedo intentar descubrir quién es Tessa —dijo el chico.

—Está bien, pero evita ir al bosque —dijo la Sra. Martin—. Consulta conmigo si sucede algo extraño. —Se sacó dos collares largos de debajo de la blusa y se los puso al chico en las manos—. Toma estos.

Uno era un largo cordón de cuero con un medallón de jaguar. El segundo era un collar de cuentas azules con un ojo azul bordado en un trozo de tela.

—Uno para ti y otro para Brianna. Úsenlos como protección, hasta cuando duerman.

Rafa se puso el collar del medallón de jaguar en el justo momento en que su abuelo se detenía en el camino de entrada.

—Nunca me dijo qué era lo inútil —dijo Rafa, volteándose hacia la Sra. Martin.

Ella lo miró perpleja.

—En la librería, eso fue lo que dijo —aclaró el chico.

—Ah, sí —respondió ella—. Pensé que era inútil detener al celador, pero entonces apareciste tú, y ya no pienso lo mismo.

14

FANTASMAS RUIDOSOS

Esa noche, después de ayudar a su abuelo con algunas tareas de la casa, Rafa bajó al sótano y encontró allí a Brianna. La chica estaba sobre la cama y tenía las cartas de Nikki desplegadas enfrente.

—Brianna —dijo Rafa en voz baja—. Te tengo una cosa.

—¿Qué? —refunfuñó ella.

La chica no se volteó para mirarlo, y él se dio cuenta de que claramente no estaba contenta de que se hubiera ido solo esa mañana. Tomó una de las cartas y vio que decía su nombre. En la carta, Nikki preguntaba por él y decía que esperaba que él la perdonara. A Rafa se le formó un nudo en la garganta. Respiró hondo. *Inhala. Exhala.* Nikki terminaba la carta con una palabra especial. La palabra era "estelar". El chico tomó otra carta. La palabra especial era "ingenioso".

—¿Nikki te ha estado enseñando todas estas palabras?

Leyó algunas más. Cada carta tenía una palabra especial. Brianna no le contestó, así que él se sentó a su lado y le dio un ligero codazo.

—¿Sabías que una vez me tragué un montón de palabras?

Ella se volteó para mirarlo con expresión incrédula.

—¿Cómo?

—Me di cuenta de que mi voz era un *tesauro*.

Brianna resopló.

—Qué chiste tan pesado. —Se levantó de la cama y recogió las cartas—. ¿Sabes siquiera dónde están las cartas que Nikki te escribió?

—La abuela las guarda en una caja de zapatos. ¿Por qué?

—Deberías leerlas.

—Ya hemos hablado de eso. No va a pasar, Bri.

—¿Dónde estuviste todo el día? ¿Persiguiendo al pobre puma?

—Sí, lo encontré. Te está esperando en la cama. Quiere acurrucarse.

La expresión seria de Brianna se transformó en una sonrisa y la chica negó con la cabeza, divertida.

—Siempre contando historias. —Miró hacia la pared donde debía estar el marco que él había roto.

Rafa casi lo había olvidado y se sintió avergonzado.

—¿Por qué tuviste que romperle el marco a abuela? Era un regalo para Nikki.

—Fue un accidente.

—Estás teniendo muchos accidentes últimamente. —Le mostró la tablilla rosa y salió en dirección a las escaleras.

—¡Espera! Tengo un regalo para ti de parte de la Sra. Martin. —Rafa se sacó el amuleto de cuentas azules del bolsillo y Brianna dejó que se lo pusiera—. Me dijo que esto te protegería.

—¿De qué?

—Del mal —respondió Rafa—. Úsalo siempre. No te lo quites.

Ella observó el ojo bordado.

—¿Hablaste con la Sra. Martin sobre el mal?

—No, sobre su centro de consejería —contestó Rafa—. Dijo que podíamos ir allí con Nikki.

Brianna lo miró con recelo y entrecerró los ojos.

—Estás mintiendo de nuevo. Sé que no quieres tener nada

que ver con Nikki —dijo enojada—. Y puedo darme cuenta cuando estás ocultando algo. ¿Qué es? ¿Piensas huir cuando me vaya al campamento?

—Te juro que no voy a ir a ninguna parte. Pero hablando del campamento... No creo que debas ir.

—¿Por qué?

A Rafa le hubiese gustado decirle la verdad sobre el celador, pero ¿y si esto la ponía en peligro?

—No es seguro.

—¿No es seguro? Vivimos más seguros que nunca en toda nuestra vida —dijo la chica—. Y definitivamente voy a ir. Como dijiste, debo aprender a hacer cosas sin ti. Nikki está de acuerdo.

—¿Hablaste con ella sobre el viaje?

—Ella llamó cuando no estabas, aunque a ti no te importa —dijo Brianna, y salió del sótano.

Rafa negó con la cabeza, incrédulo. ¿Brianna le contaba cosas a Nikki? Y Nikki se atrevía a darle consejo. Él y Brianna habían estado bien sin ella. Mejor que bien. ¿Por qué se entrometía ahora?

Esa noche, mientras su hermana dormía, Rafa se puso a leer su cuaderno de historias de terror alumbrándose con el teléfono. En sus historias, los protagonistas siempre encontraban la manera de matar a los fantasmas, demonios o monstruos. La mayoría de las veces visitaban a un mago o a una bruja que les daba una poción o un arma mágica. Otras, descubrían por qué el fantasma no se quedaba tranquilo. Por lo general era porque su cadáver no había sido enterrado adecuadamente. Otras veces era porque deseaba venganza. ¿Acaso era eso lo que quería el celador? Releyó la historia, sabiendo que ya no era suya, y fue como leerla con otros ojos.

En ese momento, Brianna se sentó en la cama.

—Rafa, ¿por qué dejas que me ahogue? —dijo—. No dejes que me atrape.

—¿Brianna? —Rafa corrió hasta su hermana—. Despierta, estás teniendo una pesadilla. —La sacudió suavemente.

—Cinco, seis, flotarás al revés —susurró la chica mirándolo a los ojos.

Rafa retrocedió, asustado. Brianna cerró los ojos, se desplomó sobre la cama y se quedó dormida en segundos. Rafa se sentó en el borde de su cama y la observó. Ella nunca había tenido pesadillas. ¿Qué estaba ocurriendo? ¿Acaso el celador había puesto los ojos en su hermana? El chico vio el amuleto de cuentas en la cómoda y rápidamente se lo puso a Brianna alrededor de la muñeca como si fuera un brazalete.

—No te quites esto, Bri —susurró.

Sintió que se le estaba acabando el tiempo. ¿Cómo iba a mantenerla a salvo?

La chica tiritó.

—Tengo frío.

Uno de sus pies asomaba por debajo de las sábanas. Rafa sacó una manta de su cama y la arropó bien. Entonces, como un relámpago, recordó que no había sido el único que había contado una historia de terror el viernes anterior. ¿Cómo había podido olvidarse de Cash? Jayden había dicho que Cash le había terminado de contar la historia del dedo peludo después de que Rafa se marchara. Se preguntó si Cash había visto algo extraño desde entonces. ¿Lo admitiría de ser así? Nunca pensó que le interesaría hablar con Cash, y mucho menos en medio de la noche, pero no tenía otra opción. Le envió un mensaje de texto. No le importaba si Cash pensaba que estaba loco por enviarle un mensaje tan tarde. Necesitaba comunicarse con él.

> **Es Rafa.**
> **Necesito hablar contigo lo antes posible sobre el dedo peludo**

Pulsó el botón de enviar y se sentó en la cama a observar

como Brianna daba vueltas y vueltas. Temía lo peor. De repente, escuchó el teléfono en la oscuridad. Era Cash. Él también estaba despierto.

> Mañana en el área de juegos del parque

15

CUÍDATE DE DEDO PELUDO

Cash finalmente le envió un mensaje de texto diciendo la hora en la que se encontrarían en el momento en que Rafa devoraba un sándwich y añadía la pesadilla de Brianna a su lista de sucesos extraños. Su hermana y el abuelo estaban colgando un cartel de bienvenida para Nikki en la sala. Como de costumbre, Brianna se veía llena de energía a pesar de haber pasado la noche dando vueltas en la cama. Rafa le preguntó si recordaba haberse despertado, pero ella dijo que no. Lo único extraño había sido despertar con el amuleto enrollado en la muñeca. Rafa le recordó que nunca se lo quitara.

Cash quería encontrarse en el área de juegos del parque. La Sra. Martin le había advertido a Rafa que no se acercara al Parque de Grainsville, pero a él le parecía que no tenía otra opción. Necesitaba saber más del dedo peludo. Agarró la mochila y salió corriendo. Al pasar junto a la casa de la Sra. Martin, consideró entrar a decirle que Brianna había tenido una pesadilla y que Cash Ashford también había contado una historia de terror la misma noche que él, pero lo pensó mejor. Primero, debía averiguar si Cash estaba experimentando sucesos extraños. Quizás había sido afortunado y todo andaba bien.

Durante el verano, por lo general el área de juegos del parque estaba llena de niños trepando al castillo y de padres vigilando desde los bancos, pero hoy estaba vacía. A pesar de la sombra de los árboles, el sol era abrasador. Rafa llevaba un short y una camiseta y estaba sudando. Deseó que Cash se diera prisa. Tomó asiento en el banco dedicado a Tessa y releyó el haiku en voz alta: **"Veme en el parque. Voy a leerte un cuento. Nos hará libres"**.

En ese momento, una ligera brisa con aroma a madreselva le acarició la cara. No pudo evitar preguntarse si Tessa estaba allí, sentada a su lado.

—¿Estás ahí? —preguntó en voz baja, sintiéndose como un tonto—. Soy Rafa.

Pasaron unos segundos y su teléfono sonó.

Soy Tessa

Rafa se quedó boquiabierto. Escuchó que alguien resoplaba a sus espaldas.

—¿Por qué me enviaste un mensaje de texto sobre Dedo Peludo a la una de la mañana? —preguntó Cash, acercándose a Rafa con aspecto cansado.

—No te habría molestado si no fuera importante.

—¿Qué quieres?

—Necesito que me cuentes la historia de Dedo Peludo que le contaste a Jayden el viernes por la noche.

Cash puso los ojos en blanco.

—¿Me hiciste venir hasta aquí para que te contara una historia de terror? ¿No tienes suficientes?

Cash estaba protestando como siempre, y Rafa pensó que debía marcharse, pero se quedó porque las ojeras del insomnio acompañaban la mirada molesta del chico. Rafa también las tenía. Además, Cash llevaba *jeans* y tenis con medias en una tarde calurosa. Algo andaba mal.

—Olvídalo. —Cash se dio vuelta y comenzó a alejarse lentamente, como si le doliera caminar.

—¡Espera, Cash! —gritó Rafa, levantándose del banco—. Sé que nunca nos hemos llevado bien, pero creo que estamos pasando por lo mismo. Nuestras historias de fantasmas se han hecho realidad.

Cash se detuvo y pareció prestar atención.

—¿Has notado algo extraño? Sé que es así.

Cash se dio vuelta. Tenía una expresión ansiosa en el rostro.

—¿No soy el único?

Rafa sintió una sensación de malestar en el estómago.

—No, no eres el único.

Cash regresó junto a Rafa y se dejó caer en el banco.

—No puedo decírselo a mi familia. Ya me hacen sentir como un idiota —dijo con la respiración entrecortada—. Todo comenzó la noche de la luna de sangre, después que conté la historia.

—¿Qué fue lo que comenzó? —preguntó Rafa, sentándose junto a él.

Se sentía una quietud aplastante. Si Tessa todavía estaba allí, Rafa estaba seguro de que los estaba escuchando. De hecho, parecía como si el bosque a sus espaldas se hubiera calmado para escucharlos mejor.

—¿Puedes contarme la historia? Necesito saber a qué nos enfrentamos.

Cash apartó la mirada de mala gana. Tras unos segundos, asintió como si estuviera listo para hablar.

—El hombre de los dedo peludo era miembro de un circo ambulante. La gente venía de cerca y de lejos para ver sus horribles dedos de los pies, que parecían monstruos peludos. Cuando la gente pasaba junto a su jaula, el hombre montaba un espectáculo levantando los pies y moviendo los dedos hacia ellos. Pero todo esto era una distracción. Mientras las personas lo contemplaban boquiabiertas, su asistente se paraba detrás de ellas y les hurgaba los bolsillos para robarles relojes, joyas y dinero. Una noche, Dedo Peludo traicionó a su asistente y huyó con el botín. El asistente contrató a unos hombres para que arrojaran a Dedo Peludo a una zanja. Pero en lugar de eso, los hombres le cortaron los dedos de los pies y lo dejaron morir allí. Desde entonces, Dedo Peludo es un espíritu vengativo que busca los otros dedos de sus pies. Se cuela debajo de las sábanas y rasguña pies y piernas produciendo un ruido muy molesto que nunca cesa. Quiere que lo toquen, ¡pero *no* se debe tocar! Si tocas a Dedo Peludo, cobra forma delante de ti. Entonces, como es un ladrón, te roba el aliento y te mueres.

Rafa se sentó en silencio. Era una historia increíblemente espantosa que impediría que cualquier niño durmiera por la noche. Peor aún, Rafa podía jurar que en ese mismo momento algo le estaba rasguñando la pierna. Se la golpeó con la mano y mató un mosquito. Cash se alzó los *jeans*. Rafa se quedó boquiabierto. El chico tenía los tobillos y las piernas en carne viva.

—Desde que le conté esa estúpida historia a Jayden, no puedo dormir. Dedo Peludo se aparece y me rasguña las piernas. No importa dónde duerma: en la cama, en el sofá, afuera en el balcón, en un saco de dormir en el patio. Si sabes cómo detenerlo, tienes que decírmelo —suplicó Cash.

Rafael respiró hondo. Si Dedo Peludo lo seguía visitando, Cash se quedaría sin piel en las piernas.

—Mi historia del celador también ha empezado a hacerse realidad. Tenemos que contarle a la Sra. Martin lo que te está pasando. Deberíamos ir ahora mismo.

—Bien, haré lo que sea —dijo Cash.

Salieron deprisa del parque y bajaron por la tranquila calle de la Sra. Martin. Por el camino, Rafa intentó explicarle a Cash lo que había visto y experimentado. Con cada espeluznante revelación, el chico lo sorprendía con una expresión comprensiva y preocupada.

—No es tu culpa —le dijo—. ¿Cómo podías saberlo?

Cuando llegaron a la entrada de la casa de la Sra. Martin, los gatos de la mujer se acercaron a Rafa, maullando y moviendo la cola, como si estuvieran nerviosos.

—Algo anda mal.

Rafa corrió hasta la puerta principal, que estaba cerrada, pero sin cerrojo.

—¡Sra. Martin! —gritó, corriendo por toda la casa.

Cash lo siguió y los gatos también. En la mesa del comedor había un montón de cuadernos. Rafa los reconoció. Sobre ellos había una nota escrita a mano.

> Si no vuelvo, por favor, entregue estos cuadernos a Rafael Fuentes. Los necesitará con urgencia. Gracias.
>
> Dra. Xanath Martin

—¿Tenía planes de marcharse? —preguntó Cash.

—No —murmuró Rafa—. Me lo habría dicho. A menos que... —El chico sintió pavor, y deseó estar equivocado—. A menos que haya ido al bosque. —Metió los cuadernos en la mochila y salió corriendo al patio, llamando a gritos a la Sra. Martin.

Cash corrió detrás de él.

—¿Por qué haría eso después de todo lo que me dijiste sobre el celador?

—No estoy seguro —dijo Rafa, pasando junto a la piscina y la fuente.

Los gatos corrieron delante de él hasta la línea de cipreses que marcaban el límite de la propiedad y que conducían al extremo oeste del bosque, donde el sol se escondía todas las noches. Rafa se quedó mirando al bosque salvaje que tenían frente a ellos.

—Cash, tengo que encontrarla. Es la única que puede ayudarnos, pero tú no tienes que...

En ese momento, el grito aterrador de una mujer atravesó el aire. Rafa estaba seguro de que se trataba de la Sra. Martin.

—Voy contigo —dijo Cash.

Avanzaron caminando sobre la hierba que les llegaba hasta las rodillas. La niebla los envolvía con sus dedos gruesos y los empujaba hacia lo más profundo del bosque. Pronto se adentraron tanto que ya no podían ver la casa detrás de ellos ni el sol de la tarde. Llamaron por turnos a la mujer, pero la respuesta nunca llegó.

—Esta parte de Parque de Grainsville es espeluznante —dijo Cash, pasando por encima de una rama caída.

—Lo sé. No parece un parque, ¿no crees? —dijo Rafa—.

¡Sra. Martin! —gritó nuevamente, poniéndose las manos alrededor de la boca.

Nada le hubiese gustado más que encontrar a la mujer y salir de allí lo antes posible.

En lo alto, un cielo color púrpura intenso se asomaba entre las copas de los árboles desnudos. Las ramas que casi llegaban al suelo les raspaban los brazos y la espalda. Rafa estaba preocupado por Cash. El chico estaba demasiado abatido como para que le sucedieran más cosas. Avanzaron un poco más sin hallar ninguna señal de la Sra. Martin hasta que llegaron a un claro con un estanque. De repente, Rafa escuchó un sollozo.

—¡Sra. Martin! ¿Dónde está? —gritó, corriendo hacia el lugar desde donde pensaba provenía el llanto.

Pero en lugar de la Sra. Martin, encontró a una niña vestida con un overol de mezclilla parada al borde del estanque. La niña sollozaba tapándose la cara con las manos. A Rafa se le erizaron todos los pelos del cuerpo.

—Es como tu historia del celador, ¿no? —susurró Cash, y le tembló la voz—. Deberíamos regresar.

—No podemos —resopló Rafa, casi sin poder respirar—. No sin la Sra. Martin.

La chica miró fijamente a Rafa, y un fuerte escalofrío le

recorrió la espalda al chico. Sonó su teléfono, pero él no se atrevió a tocarlo. Sin embargo, el teléfono volvió a sonar y Rafa se lo sacó del bolsillo con mano temblorosa.

> Veme en el parque.
> Voy a leerte un cuento.
> Nos hará libres.

Rafa sintió que las piernas le temblaban. La niña del overol era Tessa.

Cash lo miró con curiosidad.

—¿Estás bien?

—Es ella. —Rafa le mostró el mensaje de texto a Cash.

—¿Estás comunicándote por mensajes con un fantasma?

Rafa asintió.

—Todo comenzó en el área de juegos del parque justo antes de que aparecieras.

Tessa les hizo un gesto para que se acercaran.

—Según mi historia, si Tessa está aquí nos pedirá que saltemos al estanque, pero entonces el celador nos atrapará. Quédate aquí y vigila.

Rafa comenzó a acercarse a la niña, pero Cash lo haló hacia atrás.

—¿Estás loco? —dijo Cash, sujetando a Rafa por el brazo—. Estamos aquí para encontrar a la Sra. Martin. Deberíamos alejarnos lo más posible de este lugar.

Rafa lo apartó.

—Tal vez ella sepa dónde está la Sra. Martin.

—Está bien, pero vamos juntos.

Tessa dejó ligeramente de sollozar a medida que los chicos se acercaban. Rafa recorrió el estanque con la mirada, esperando detectar elementos de su historia, como el cartel de advertencia del celador. Ambos chicos se detuvieron a unos metros de la niña, preparados para huir si sucedía algo. Entonces vieron que los ojos de Tessa eran de un azul pálido y brumoso. El cabello castaño rojizo le caía por la espalda como si acabara de salir del agua. A través de su piel blanca como el papel se veían finas venas violáceas, como las grietas en la taza de té favorita que la abuela de Rafa siempre se negaba a botar.

—Te he estado esperando —dijo Tessa en voz baja.

De la niña brotó un agradable aroma a madreselva.

—¿A mí? —preguntó Rafa.

La niña asintió.

—Tú eres el narrador.

—Y tú eres Tessa.

La niña esbozó una sonrisa.

—¿Puedes traerme mi cuaderno? Lo tiré al estanque.

—Lo siento —murmuró Rafa—. No creo que sea buena idea.

—Pero realmente necesito mi cuaderno —dijo Tessa sollozando—. Voy a leerte un cuento. Nos hará libres.

Rafa miró el estanque de agua turbia, salpicado de hojas muertas y palos flotantes, sopesando sus posibilidades.

—Olvídalo —espetó Cash, dando un paso adelante—. No vamos a saltar a ese pantano. Estamos buscando a la Sra. Martin. ¿La has visto o no?

El rostro de Tessa se deshizo en llanto. Cash puso los ojos en blanco.

—Bien hecho —dijo Rafa, frunciendo el ceño.

—Lo siento, Tessa. —Cash negó con la cabeza y le murmuró a Rafa—: No puedo creer que me esté disculpando con un fantasma.

Tessa levantó la mirada.

—Ella está corriendo. Está herida.

—¿Quién? ¿La Sra. Martin está herida? —preguntó Rafa—. Tessa, ¿dónde está ella?

—Tú también deberías correr. —Les dio la espalda y se sumergió en el estanque.

—¡Espera! ¿A dónde? —gritó Rafa—. ¿Qué dirección tomamos? —El estómago se le retorció al ver a Tessa desaparecer en el estanque—. ¿De quién está huyendo?

Su teléfono vibró.

`Corre`

Del otro lado del estanque se formó una densa niebla. El agua turbia del estanque gorgoteó y comenzó a ondular como si cobrara vida. Cash se quedó petrificado.

—¡Vamos! —gritó Rafa, halando a su compañero por el brazo y corriendo lo más rápido posible a través del claro y de regreso al bosque.

La niebla los rodeaba, la hierba alta les arañaba las piernas y las ramas de los árboles les golpeaban el rostro. Un gruñido amenazador espantó a los estorninos posados en las copas de los árboles. Los chicos frenaron en seco y un silencio siniestro los envolvió.

Cash miró a Rafa con los ojos muy abiertos.

—¿Eso fue el puma?

—No —respondió Rafa. En la prisa por encontrar a la Sra. Martin, no le había contado a Cash la historia del jaguar—. Esa noche conté dos historias de terror.

Una sobre el celador y otra sobre un jaguar.

—Vaya —murmuró Cash, incrédulo—. ¿Por eso nos rasguñaron las puertas?

Rafael asintió. Su teléfono vibró y cada músculo de su cuerpo se tensó al leer el nuevo mensaje.

El celador te está vigilando

Rafa miró a su alrededor con los ojos desorbitados.

—Tenemos que regresar a la casa de la Sra. Martin.

—Rafa —dijo Cash, sosteniendo un tenis beige que había recogido del suelo.

La Sra. Martin los llevaba aquel día en la librería. Esto demostraba que había estado en el bosque, pero ¿dónde estaba ahora?

Rafa le quitó el tenis de la mano.

—Tenemos que irnos ya.

Señaló en dirección de lo que esperaba fuera el patio de la Sra. Martin. Atravesaron el bosque a toda velocidad. Las ramas de los árboles caían en el camino, pero ellos las esquivaron saltando sobre ellas. Una espesa niebla se les enroscaba alrededor de las piernas, tragándose el suelo mientras corrían.

Sigue

Finalmente, Rafa vislumbró un rayo de sol y vio la casa de la Sra. Martin. Con la niebla pisándoles los talones, se abalanzaron entre los altos cipreses y se desplomaron sobre la fresca hierba del patio, donde el sol brillaba y una cálida brisa los acariciaba con un aroma floral. Rafa se quedó tumbado, tratando de recuperar el aliento, y entonces alguien con un solo tenis pasó cojeando junto a él en dirección al límite del bosque.

—Sra. Martin —gritó Rafa, poniéndose de pie.

La mujer miraba fijamente hacia los árboles, sosteniendo un amuleto en las manos. Con un pie trazó una línea en el suelo frente a ella, como si creara una barrera contra lo que fuera que los había acechado.

—¡No les harás daño a estos niños!

La niebla retrocedió hasta perderse de vista. El teléfono de Rafa sonó.

Ayúdala

Por un segundo, Rafa no estuvo seguro de lo que Tessa quería decir, pero al levantar la vista vio que la Sra. Martin se había desplomado. Corrió a su lado y le tomó la mano temblorosa.

—Sra. Martin, ¿puede oírme? —Buscó alguna herida o sangre, pero no encontró nada. Le puso la mano en la frente a la mujer—. Cash, llama a emergencias —ordenó—. Está ardiendo.

La Sra. Martin abrió los ojos de golpe.

—Rafa —jadeó.

—Estoy aquí —dijo el chico, tomando la mochila y poniéndola debajo de la cabeza de la mujer—. ¿Dónde estaba? ¿Qué estaba haciendo?

—Fui a detenerlo, Rafa. Planea matar. Solo se irá cuando haya tenido sangre. —El rostro de la Sra. Martin se contrajo de dolor—. Balam me salvó. Balam está aquí —gimió, tratando de sentarse.

—No debería moverse —dijo Rafa—. La ambulancia está en camino.

El chico recordó el gruñido que habían escuchado en el bosque. ¿Estaba Balam cerca, observándolos desde lo alto de un árbol o agazapado en el suelo oculto entre la hierba? En ese momento escucharon la sirena.

—Tienes que prometerme... —comenzó a decir la mujer.

—La ambulancia está aquí —anunció Cash cuando los enfermeros llegaron corriendo.

Los hombres cargaron a la Sra. Martin con cuidado en una camilla. Ella estiró los brazos hacia Rafa.

—Prométeme que te mantendrás alejado del bosque. Promételo.

—Lo prometo.

Mientras la ambulancia se alejaba a toda velocidad, Rafa supo que esta era otra promesa que tendría que romper.

16

LA NIÑA JUNTO AL ESTANQUE

—Rafa, ¿qué hacemos ahora? —preguntó Cash, sacando comida para gatos de una bolsa y colocándola en tazones alineados en el portal.

Los gatos de la Sra. Martin lo observaban pacientemente. Se escuchó un crujido cuando el abuelo de Rafa estacionó el auto en el camino de grava.

—¿Estás bien, mijo? —gritó el abuelo, corriendo hacia él y abrazándolo.

—La ambulancia se la llevó hace unos minutos. Se veía mal —explicó Rafa.

El abuelo asintió.

—Llamaré al hospital —dijo, sacando el teléfono del bolsillo.

—Rafa —dijo Cash acercándose—. ¿Ahora qué?

—Abuelo puede llevarnos a la biblioteca —dijo Rafa.

—¿Qué hay en la biblioteca?

—Respuestas.

Por el camino, el abuelo les dijo que la Sra. Martin iba a ser sometida a una cirugía de emergencia.

—Es bueno que la hayan encontrado —dijo—. Probablemente le hayan salvado la vida, muchachos.

Rafa se miró las manos, preocupado. Repasó todo lo que la Sra. Martin le había dicho antes de que la ambulancia se la llevara. El celador tenía sed de sangre. Balam la había salvado. Rafa prometió mantenerse al margen, pero no había manera de que pudiera hacerlo. Ahora no.

—¿Se pondrá bien? —preguntó.

—Eso espero —dijo el abuelo—. ¿Estás seguro de querer ir a la biblioteca en este momento? Has pasado un gran susto, ¿por qué no vuelves a casa y descansas?

Rafa negó con la cabeza.

—Es importante.

Al llegar a la biblioteca, Rafa y Cash se apresuraban a entrar cuando alguien los llamó de repente. Los chicos miraron a su alrededor y vieron a la Sra. Cortez, su profesora de sexto grado.

—¡Vaya! No tengo palabras para expresar la alegría que me da verlos aquí —dijo la mujer sonriente—. ¿Qué andan buscando? ¿Un nuevo libro de terror?

—Sra. Cortez, ¿trabaja usted aquí? —preguntó Cash.

—Sí, a tiempo parcial durante el verano. ¿Están buscando libros de terror? Tengo millones de recomendaciones. ¿Han leído *La chica olvidada*, de India Hill Brown?

—Estamos buscando información sobre el Parque de Grainsville y una niña llamada Tessa que murió allí —dijo Rafa.

—¿Oh? —La mujer arqueó las cejas—. ¿Buscan inspiración para una historia de terror a cuatro manos? Me encanta. —Chasqueó los dedos—. Síganme.

Los chicos siguieron a la mujer a través de la biblioteca y bajaron una escalera. La planta baja era más fría y olía a cera de pisos con aroma a limón. Pasaron varios pasillos de diarios y revistas y algunas salas de reuniones privadas. La profesora se sentó frente a una computadora. Escribió algunas palabras y, tras un par de segundos, aparecieron un montón de artículos.

—Miren esto —dijo la mujer, cediéndole la silla a Rafa.

Cash se sentó al lado.

—También hay algunos archivos físicos. Vuelvo enseguida. —La profesora salió de prisa.

Cash sacó tímidamente unas gafas del bolsillo. Rafa nunca lo había visto con gafas.

—Empecé a necesitarlas el año pasado —dijo el chico, como si sintiera la necesidad de dar explicaciones.

—Se ven bien —comentó Rafa.

La Sra. Cortez regresó con un montón de archivos.

—Esto debería servirles para empezar. Si necesitan algo más, hay un teléfono en la pared con el que pueden llamar al servicio de referencia. Yo misma lo contestaré.

—Gracias, Sra. Cortez —dijeron ambos chicos.

—Mira esto —dijo Rafa, señalando la pantalla de la computadora—. ¿A quién se parece? —Amplió la imagen de una joven que sostenía un certificado en las manos.

—Esa es Tessa —dijo Cash, reconociéndola de inmediato.

—Dice que su nombre es Tessa Steiner. Ganó un premio de escritura por su cuento "Los libros son malos".

—Ella también escribía.

—Eso explica el haiku en el banco —dijo Rafa—. Aquí sale publicada su historia.

Los dos chicos se inclinaron para leer el cuento. Tras unos minutos, rieron entre dientes.

—Es asqueroso, pero bueno —dijo Cash—. Nunca se me hubiera ocurrido eso.

La historia trataba de un hombre que no dejaba que su hija leyera libros, pero una noche ella se rebeló. A Rafa le gustó la historia y sintió un malestar en el estómago. Tessa nunca tuvo la oportunidad de convertirse en una escritora famosa. Si hubiera vivido, tal vez hoy sus libros estarían en la biblioteca o en la escuela.

—Dice que empezó a escribir historias de terror cuando tenía ocho años y que tenía un cuaderno lleno de historias y poemas que compartía con sus amigos en Halloween. Lo llamaba "El cuaderno de gritos". —Rafa se preguntó si ese era el cuaderno que estaba en el fondo del estanque—. ¿No dijo que arrojó su cuaderno al estanque? ¿Qué haría a un escritor desechar sus historias?

—Encontré algo más —anunció Cash—. No es bueno. —Le dio a Rafa un viejo artículo de periódico.

CONDADO DE GRAINSVILLE, MO. —La policía está investigando una muerte en el Parque de Grainsville. El lunes se encontró el cuerpo de Tessa Steiner, de 11 años. Las autoridades y los voluntarios

**realizaron una búsqueda en el parque
después de que testigos informaran
haber visto a la niña sola en el parque la
noche anterior. Se desconoce la causa de
su muerte. Cualquier persona que tenga
alguna información debe comunicarse
con las autoridades de inmediato.**

Rafa se quedó en silencio. Sabía que Tessa era un fantasma, pero leer sobre su muerte hizo que todo le pareciera más real. ¿Acaso el celador también se había aferrado a ella a través de alguna de sus historias? ¿Se fue sola al bosque para detenerlo como lo había hecho la Sra. Martin?

Lo mismo que él quería hacer.

—Hay una nota extraña en uno de estos cuadernos... —Rafa abrió el cuaderno Moleskine que había pertenecido a Isabel Stork—. Creo que puede ayudarnos.

**VOY A VER A LA NIÑA QUE ESTÁ
JUNTO AL ESTANQUE.
JUNTAS DETENDREMOS AL CELADOR.
SI ENCUENTRAS ESTE CUADERNO,
ES QUE FRACASÉ.**

Rafa sintió que todas las piezas encajaban en su lugar.

—Como todos los fantasmas, Tessa tiene un asunto pendiente. Puede que este sea detener al celador.

—Así como el asunto pendiente de Dedo Peludo es buscar los dedos de sus pies.

—Quiere volver a ser el mismo de antes —dijo Rafa—. Tessa no está aquí para hacernos daño. Quiere su cuaderno porque es parte de lo que la ata a este lugar. Pero ¿por qué?

—Esa nota sobre fracasar... ¿Quiere decir que si ella y Tessa hubieran tenido éxito, el cuaderno habría desaparecido? —preguntó Cash, y Rafa se levantó y comenzó a caminar de un lado a otro—. No lo entiendo.

Rafa tampoco estaba seguro de haber entendido, pero Cash tenía razón.

—Si lo lograban, el cuaderno desaparecería porque era lo que Tessa deseaba —supuso Rafa—. Podría ser que Tessa necesite que se cuenten todas las historias sobre el celador para detenerlo y ser liberada.

—Creo que eso es —dijo Cash. Miró un mensaje de texto en su teléfono y frunció el ceño—. Malas noticias, Rafa. Es mi tío. Mañana es el campamento en el bosque.

Rafa sintió como si alguien lo hubiera golpeado.

—No puede ser —murmuró.

El tío de Cash también había enviado el enlace del video de un puma acostado en la parte trasera de un camión. Rafa sintió una mezcla de pánico y arrepentimiento. Ese pobre puma no era el responsable de los arañazos en las puertas.

—Dice que control de animales lo capturó y lo sedó. El campamento sigue en pie.

—Tienes que decirle que lo cancele —dijo Rafa, guardando los cuadernos en la mochila.

Cash lo miró desconcertado.

—¿Y cómo?

—Inventa algo. Muéstrale tus piernas. Dile la verdad.

—Está bien, lo intentaré —murmuró Cash.

Rafa se quitó el amuleto que llevaba al cuello.

—Ponte esto. La Sra. Martin dijo que nos protegería. Tal vez eso impida la visita de Dedo Peludo esta noche.

—¿Y tú?

—Brianna tiene uno. Para mí es suficiente.

—Gracias, Rafa.

El chico se puso el amuleto enseguida. A Rafa le preocupó haber cometido un error. Existía la posibilidad de que Cash no lograra convencer a su tío de que cancelara el campamento del vecindario. No podían correr ningún riesgo. Rafa sabía lo que tenía que hacer y tal vez deshacerse del amuleto no fuera prudente.

—Oye —dijo Cash, entrecerrando los ojos como si pudiera leerle el pensamiento—, no estarás pensando en hacer nada estúpido, ¿verdad?

—No. —Rafa negó con la cabeza—. Para nada.

17

SE ACABA EL TIEMPO

Esa noche, Rafa abrió la ventana en cuanto Brianna se quedó dormida. Se había acostado con los zapatos puestos y había metido los cuadernos y una linterna en la mochila. Salió por la ventana, la cerró y se dirigió a la casa de la Sra. Martin. Por el camino tuvo la sensación de que lo estaban observando y aceleró el paso.

Al llegar a la casa de la Sra. Martin, creyó escuchar que alguien lo llamaba. Pero entonces los gatos se le acercaron, y pensó que seguramente había sido un maullido. Se dirigió a la parte trasera de la casa, donde las luces de la piscina todavía estaban encendidas, lo que le daba al patio un brillo azul plateado. Los gatos lo siguieron y, sin previo aviso, regresaron corriendo al frente de la casa. Rafa estaba a punto de adentrarse en el bosque cuando volvió a escuchar su nombre. Se volteó y vio a Brianna allí de pie con sus pantuflas de cisne y en pijama.

—¿Qué estás haciendo aquí? —Corrió hasta ella, presa del pánico porque la chica lo había seguido y molesto consigo mismo por no haberla escuchado antes.

—¿Qué haces tú? —respondió ella—. Estás huyendo, ¿no?

—¿Cuántas veces tengo que decirte que no voy a huir? —dijo Rafa, tratando de ganar tiempo mientras se le ocurría una explicación—. Perdí algo... cuando encontramos a la Sra. Martin —dijo, sorprendido por la facilidad con que le había salido la mentira.

Brianna lo miró fijamente.

—¿Y tuviste que salir ahora para encontrarlo? Debe ser muy importante. —La expresión de su rostro dejaba entender que la chica no le creía ni media palabra.

—Mira, no voy a huir. Yo no te haría eso.

—Pero me harías perseguirte en pijama en medio de la noche.

—No te pedí que me siguieras.

Brianna se encogió de hombros.

—Tal vez no lo hiciste, pero deberías haber sabido que a dondequiera que vayas, yo iré detrás de ti. —La chica jugueteó con el amuleto que llevaba alrededor del cuello.

—Eso es lo que me preocupa —murmuró él, mirando al bosque, sabiendo que había perdido la oportunidad de encontrar a Tessa esa noche.

No podía permitir que Brianna lo siguiera, y no podía decirle que había dejado suelto un espíritu siniestro. ¿Qué se suponía que debía hacer ahora?

—Tú ganas —dijo, dándole la espalda al bosque y extendiéndole la mano a su hermana—. Volvamos a la cama.

Durante lo que a Rafa le pareció una eternidad, la chica permaneció de pie con los brazos cruzados. Rafa exhaló cuando finalmente ella le tomó la mano y se la apretó. Detrás de ellos sonó un cascabel y los árboles crujieron como acallando.

—¿Qué fue eso? —preguntó Brianna, mirando atrás—. Escuché un cascabel.

Rafa miró a los gatos, que estaban esparcidos por el patio, pero ninguno llevaba collar. Solo uno de los gatos de la Sra. Martin llevaba un cascabel: Balam. Miró hacia los árboles, pensando que tal vez podría ver al jaguar, pero recordó la advertencia de la Sra. Martin: "El jaguar te verá antes de que tú lo veas a él".

—Probablemente sean campanillas de viento —respondió, y le dio un suave empujoncito a su hermana—. Campanillas de viento embrujadas que suenan cuando los niños se escapan de su habitación.

—Para. No me vas a asustar.

A la mañana siguiente, la voz de Brianna rebosaba de emoción.

—Los Leal están aquí —gritó, asomando la cabeza por la puerta de la habitación—. ¡Nos vamos!

Rafa se estiró, momentáneamente confundido al ver que estaba en la cama de Brianna. La noche anterior habían cambiado de camas porque ella no confiaba en que su hermano no volviera a escaparse. Ella había dormido en la de él, junto a la ventana.

Tomó el teléfono de la mesa de noche. Era cerca del mediodía, había dormido casi toda la mañana. Revisó sus mensajes y vio aliviado que Cash le había enviado uno con un pulgar levantado. Había dudado que el chico pudiera convencer a su tío de cancelar el campamento, pero de alguna manera Cash lo había logrado. Ahora que el viaje había sido cancelado tendría más tiempo para encontrar a Tessa.

Se aseó y corrió a la sala, donde encontró a Jayden y a sus hermanas Nilda y Nora con gorras de béisbol y mochilas a la espalda. Brianna sostenía un saco de dormir rosa con estampado de leopardo.

—¿Para qué es eso? —preguntó Rafa.

—Bri lo necesita para el campamento —respondió Nilda—. Teníamos uno extra.

—¿El campamento? ¿No lo cancelaron?

—¿Quién te dijo eso? —preguntó Jayden—. Sigue en pie. Saldremos en veinte minutos, hermano.

—No puede ser —dijo Rafa, volviendo a mirar el texto de Cash.

El mensaje contenía un pulgar levantado, pero ahora se preguntaba si era por otra cosa. Pero ¿qué? Le había dado su amuleto a Cash. ¿Acaso era ese el motivo del mensaje? ¿El amuleto lo había protegido de Dedo Peludo?

—Bueno, no vas a ir —le dijo Rafa con voz severa a su hermana—. ¿Dónde está abuelo? —Corrió a la habitación de sus abuelos—. ¡Abuelo! —gritó, esperando poder convencer al hombre de que no dejara ir a la chica.

—Está abajo, arreglando el marco que rompiste —dijo

Brianna enojada—. Y no puedes decirme lo que puedo o no puedo hacer.

—Mira, no vas a ir —repitió él—, así que no necesitas un saco de dormir.

Se hizo un silencio incómodo. Sin pensarlo un segundo, Rafa le arrebató el saco de dormir a Brianna y salió corriendo. Todos lo siguieron hasta el portal. El chico lanzó el saco de dormir al patio como si fuera una bomba a punto de explotar.

—¡No vas a ir!

—Rafa —dijo el abuelo con tono severo, parado detrás de todos en el portal—. Recoge eso ahora mismo, mijo.

Brianna parecía estar al borde de las lágrimas y todos los demás lucían sorprendidos y confundidos. Rafa respiró el aire caliente de media mañana. *Inhala. Exhala.* El saco de dormir rosa enrollado parecía algo salido de una de sus historias de terror. Casi esperaba que se desenrollara y lo persiguiera. Deseó que así fuera, para poder escapar de las miradas de todos. Agarró el saco, le sacudió unas briznas de hierba y se lo devolvió a Brianna.

—Lo siento.

—¿Qué te sucede? —siseó ella—. Rompiste el hermoso marco de abuela; casi me rompes la muñeca; intentaste huir anoche, aunque me habías prometido que no lo harías; y ahora, como no puedes ir al campamento, tampoco quieres que yo vaya. ¡Estás actuando como un trastornado!

—Brianna —objetó Rafa.

—¡No he terminado! —La chica frunció el ceño—. No lees las cartas de Nikki, ni siquiera *intentas* perdonarla. Entonces, ¿por qué debería perdonarte yo? Eres mucho peor de lo que jamás fue Nikki.

Rafa se sintió destrozado. ¿Realmente ella creía que él era peor que Nikki?

—Escúchame, Bri. La Sra. Martin puede explicarlo todo. —Rafa respiró hondo. No tenía más remedio que contarles la verdad; era su última esperanza—. No quería asustarte, pero tú... todos deberían saber la verdad. Hay un fantasma malvado llamado el celador en el bosque. Él es el culpable de que la Sra. Martin esté en el hospital. Muy pronto vendrá por todos nosotros.

—¿Más historias? —dijo Brianna irritada, y se volvió hacia Nilda y Nora—. No quiero estar aquí con él. —Entró a la casa dando zancadas.

Nilda y Nora la siguieron.

—Rafa —dijo el abuelo, negando con la cabeza—, ¿por qué

intentas asustarlos a todos con esas tonterías? ¿Es porque Nicole volverá a casa mañana?

Rafa bajó la cabeza.

—No tiene nada que ver con ella. Abuelo, estoy diciendo la verdad.

Jayden se acercó y le sonrió comprensivo.

—Sé que estás pasando por mucho, pero Brianna estará a salvo con nosotros.

—¿No lo entiendes? —dijo Rafa, dejando que su frustración se convirtiera en ira—. Todo el mundo está en peligro. Ninguno de ustedes debería ir al bosque hoy.

Jayden dio un paso atrás con expresión preocupada. Brianna salió corriendo de la casa con sus cosas. Le dio un abrazo al abuelo y pasó junto a Rafa sin mirarlo ni decir palabra. Nilda y Nora la siguieron de cerca.

—¡Brianna! —gritó Rafa. Ella lo ignoró—. Déjate el collar puesto. ¡No te lo quites por ninguna razón!

—Hermano, ¿qué pasa? —dijo Jayden, y entrecerró los ojos—. ¿Tiene esto que ver con ese niño fantasma que creíste haber visto? Tú mismo lo dijiste, tal vez deberíamos dejar de lado las historias de terror por un tiempo. Sigue tu propio consejo.

Rafa sintió que le pisoteaban el corazón. Jayden no le había creído.

—El campamento no será lo mismo sin ti, amigo —dijo Jayden, dándole una palmadita en el hombro a Rafa—. Voy a rezar por ti —añadió, y corrió a alcanzar a las chicas.

—Será mejor que reces por todos nosotros —dijo Rafa en voz baja.

18

EL CAMPAMENTO

Rafa se puso a fregar una sartén, todavía pensando en lo que Brianna le había dicho, que él era *peor* que Nikki. También lo había llamado trastornado. No sabía lo que eso significaba, pero sonaba mal. Además, Jayden y sus hermanas lo habían mirado con una mezcla de disgusto y lástima. Rafa no los culpaba.

"No entienden lo que está pasando".

Él apenas lo entendía. Solo sabía que tenía que encontrar a Tessa, pero el abuelo lo había puesto a hacer un montón de tareas para calmarlo. Ya había terminado de pasar la aspiradora y ahora estaba lavando platos, pero estaba tan ansioso que apenas podía sostener la vajilla. Encima de eso, Cash no le había devuelto la llamada. ¿Dónde estaba? ¿Habría ido al viaje y no se lo dijo? Estaba secando los platos cuando Cash finalmente lo llamó.

—¿Qué pasó, Cash? Se suponía que cancelarían el campamento —dijo Rafa.

—Lo intenté, Rafa. Anoche hablé con mi tío sobre Dedo Peludo. Hasta le mostré las piernas. Hizo como si me creyera y dijo que me ayudaría, pero esta mañana mi mamá me llevó arrastrado a hablar con un sacerdote para pedirle que me curara de mis delirios. Ella también me escondió el teléfono. Dice que es un instrumento del mal. Pero conozco todos sus escondites. Si me atrapa, estoy perdido.

—Lo siento.

—No es tu culpa. En cualquier caso, el amuleto funcionó. Dedo Peludo no se apareció, pero mi mamá tiró el collar al inodoro esta mañana. Dice que también es maligno. ¿Qué hacemos ahora?

—Lo único que podemos hacer. Voy a buscar el cuaderno de Tessa. Quizás eso detenga todo esto.

—Voy contigo. Te paso a buscar.

—Apúrate. —Rafa colgó el teléfono esperando que pudieran llegar a tiempo.

—Rafa —gritó el abuelo desde la puerta del sótano. Luego entró en la cocina y observó el estante de los platos recién lavados—. ¿Cómo estás, mijo?

Rafa intentó sonreír, aunque sabía que iba a tener que mentirle a su abuelo, y eso no le gustaba.

—Cash Ashford llamó. Dijo que me han vuelto a invitar al campamento... Si te parece bien, me gustaría ir. Ya terminé mis tareas.

Una amplia sonrisa se dibujó en el rostro del abuelo.

—Esas son buenas noticias, mijo, pero ¿tienes un minuto para hablar?

—Bueno, Cash está en camino. Necesito empacar.

—Sabes que puedes hablar conmigo sobre cualquier cosa.

—Lo sé —respondió Rafa—. Estoy bien.

Notó la expresión preocupada del abuelo y se dio cuenta de que no había nada que pudiera decirle. Nada que no lo pusiera en peligro o le hiciera creer que estaba loco. Lo abrazó.

—Gracias por todo, abuelo. —Tras unos segundos, se alejó—. Tengo que recoger mis cosas.

Corrió a la habitación a ponerse un pantalón de camuflaje y tenis y a agarrar la mochila. Ambas camas estaban hechas. Brianna debió haberlas hecho cuando subió a buscar sus cosas con Nora y Nilda. El chico sintió una punzada en el corazón. Su hermana siempre había sido una maniática del orden y la limpieza.

Entonces le asaltó un pensamiento horrible. ¿Qué pasaría si nunca la volvía a ver? ¿Qué pasaría si nunca volvía a ver a sus abuelos? Se dejó caer en la cama y respiró hondo. *Inhala. Exhala.* La mochila colgaba de un gancho de pared donde la había dejado, pero estaba abierta. Habría jurado que la había cerrado la noche anterior. La descolgó para comprobar que los cuadernos seguían dentro.

—No, no, no —gimió. Su cuaderno no estaba allí—. Esto no puede estar sucediendo.

Desesperado, vació la mochila y una nota doblada cayó sobre la cama.

> Rafa, no te enojes. Tomé tu cuaderno. Como no puedes venir al campamento, voy a contar una de tus historias de terror esta noche. Quise pedirte permiso, pero no me diste la oportunidad.
>
> También me llevo la linterna. -Bri

—¿Por qué, Brianna? —dijo Rafa, guardando los otros cuadernos en la mochila.

Escuchó a Cash hablando con su abuelo en el portal y salió corriendo de la habitación. No había tiempo que perder.

—Vamos, Cash.

El abuelo los siguió.

—Mijo, ¿no necesitas un saco de dormir? —gritó el hombre.

Rafa se montó en la parrilla de la bicicleta de Cash.

—Mi tío tiene todo lo que necesitamos, Sr. Fuentes —respondió Cash—. Regresaremos mañana.

Cash se alejó pedaleando con Rafa detrás.

—¿Hacia dónde?

—Tenemos que ir al lugar del campamento. Brianna se llevó mi cuaderno. Lo necesitamos para dárselo a Tessa.

Cash pedaleó más rápido. Pasaron por delante de la casa de la Sra. Martin y del área de juegos del parque donde estaba el banco de Tessa. Cruzaron el puente de madera, donde Rafa normalmente giraba a la izquierda para ir a casa de Jayden. Esta vez, giraron a la derecha, para adentrarse en el bosque, donde sería el campamento.

Cash escondió la bicicleta entre la maleza una vez que el sendero se hizo rocoso y siguieron adelante a pie. De inmediato sintieron un cambio en el aire, una extraña quietud que sofocaba la brisa del verano. El cielo se volvió de un tono amarillo enfermizo y amenazador, como si se estuviera gestando un tornado. Cash se mantuvo casi todo el tiempo callado y a Rafa le preocupaba que no pudiera soportar volver a ver a Tessa. No estaba totalmente seguro de poder soportarlo él tampoco, pero sentía que no tenía otra opción.

—Tengo que sacarme algo del pecho —espetó Cash—. Nunca me disculpé por el hecho de que te retiraran la invitación al campamento —explicó muy seriamente—. Estaba en la oficina de la escuela buscando algo para un profesor cuando vi una carta para tus abuelos. Supongo que la Sra. Cortez la haya dejado allí. No debería haberla leído, pero lo hice. Entonces le conté todo a mi tío. Lo cierto es que a él no le importaban tus calificaciones, pero lo presioné. Lo lamento.

—Gracias por decírmelo —dijo Rafa, sintiendo que lo invadía una extraña calma—. Me imagino que ambos tenemos mucho que lamentar ahora.

—Hay algo más.

Rafa asintió para hacerle saber que estaba escuchando.

—La razón por la que me he portado como un idiota contigo es porque no les agradas a mis padres. Bueno, no te aceptan por todo lo de tu mamá, ¿sabes? Realmente no es por ti. No es tu culpa.

Rafa se encogió de hombros, como dejando que la confesión rebotara en él.

—Estoy acostumbrado —dijo con calma, aunque sentía que era injusto—. Todo el mundo piensa que Nikki es mala, así que Brianna y yo también debemos serlo, pero mi abuela dice que Nikki está enferma, que no es mala. Y su destino no tiene por qué ser el nuestro.

En ese momento, los teléfonos de ambos vibraron. Les acababa de llegar una selfi de Jayden en la que salían él, Brianna y Nora posando junto a una fogata. Brianna hacía el signo de la paz con una mano, mientras que en el otro brazo aún llevaba la tablilla rosa brillante. Rafa no pudo evitar sonreír. Exhaló un profundo suspiro, sintiéndose agradecido por que ella estuviera a salvo.

—Están bien —murmuró Cash, pero luego añadió—: ¿Qué es eso detrás de ellos? ¿Lo ves? —preguntó, estudiando la imagen en su teléfono—. Es un rostro.

Rafa sintió un agudo cosquilleo y se le erizaron todos los pelos del cuerpo. Le arrebató el teléfono a Cash de las manos.

—¿Dónde?

—Ahí. Es una cara.

Con un dedo tembloroso, Cash señalaba el punto donde la niebla formaba un rostro detrás de sus amigos. El rostro tenía la boca abierta y observaba con ojos entreabiertos a Brianna y a los demás, que no tenían ni idea de lo que se ocultaba a sus espaldas.

—¿Cuán lejos estamos?

—Cerca —respondió Cash—. Vamos.

—Voy a llamar a Jayden. Tú llama a tu tío. Habla con quien puedas —dijo Rafa.

Ambos chicos corrieron en dirección al lugar del campamento intentando llamar por teléfono, pero sin lograr comunicar.

—¿Pudiste hablar?

—No.

—Yo tampoco. Apurémonos —dijo Rafa.

El corazón le latía desbocado y la cabeza le daba vueltas. Si algo le sucedía a Brianna, nunca podría perdonarse a sí mismo.

"Por favor, por favor, por favor, que esté a salvo".

De repente se encontraron en la espesura del bosque y todo a su alrededor se hizo más oscuro.

—Algo no anda bien —dijo Cash, deteniéndose—. Deberíamos haber llegado al lugar del campamento. Aquí debería haber un cartel.

—¿Tomamos el camino equivocado? —preguntó Rafa, encendiendo la luz de su teléfono para ver mejor.

Cash hizo lo mismo. Avanzaron un poco más hasta que Rafa pisó algo duro. Era el cartel del campamento, que había caído al suelo.

—Estamos en el lugar correcto —dijo Rafa—. ¿Dónde están todos?

19

EL CHICO DEL BOSQUE

Parecía como si un tornado hubiera azotado el campamento o un gigante le hubiera pasado por encima. La red de voleibol estaba enroscada alrededor de un árbol. Algunas tiendas de campaña estaban en el suelo mientras que otras colgaban de las ramas de los árboles. Las parrillas y las pertenencias de los campistas estaban esparcidas por el amplio claro. Rafa y Cash se quedaron petrificados, tratando de entender lo que pasaba.

—¡Hola! —gritó Rafa, usando la luz de su teléfono para alumbrar el área.

En ese momento, se escuchó un crujido entre la hierba.

Se dieron vuelta y vieron una pelota de voleibol medio desinflada que rodaba hacia ellos.

Cash jadeó.

—¿Cómo se mueve?

La pelota rodó hasta detenerse a los pies de Rafa. El chico le dio una patada desafiante.

—¿Quién anda ahí?

Se escuchó un crujido detrás de un árbol delante de ellos y vieron un rostro pálido que los observaba desde un matorral. Rafa se quedó petrificado por el miedo, pero se armó de valor, respirando con dificultad.

—¡Sal de ahí! —gritó.

De detrás del árbol salió un niño. Era el mismo que Rafa había visto en el bosque y luego en la pesadilla. El chico se acercó, sonriéndoles con labios azules retorcidos y ojos pálidos y serenos. Cash dejó escapar un leve chillido.

—Tenemos que salir de aquí —dijo, halando a su compañero.

—Es Xavier Martin —murmuró Rafa—. No creo que nos haga daño.

Cash retrocedió aún más y tropezó, y ambos chicos cayeron al suelo.

Xavier se cernió sobre ellos.

—¡Te lo advertí! —gritó—. ¡No deberías haber venido!

Rafa volteó el rostro y recordó al niño que había visto en la foto en casa de la Sra. Martin.

"Es Xavier —se dijo a sí mismo—. *Es Xavier*. Solía vestir camisetas de Godzilla, cargaba a los gatos y tenía un cuaderno lleno de historias de terror".

—Sé que m-me avisaste —tartamudeó Rafa entre dientes, obligándose a pronunciar las palabras—, pero no tuve otra opción.

Xavier sonrió maliciosamente. Un hilo de agua negra le goteaba del cabello enmarañado y le corría por el rostro enjuto. Rafa sintió escalofríos. Cash se cubrió la cara y gimió.

—Sé quién eres —insistió Rafa—. Eres Xavier Martin. Conocemos a tu hermana, Xanath.

El chico inclinó la cabeza hacia un lado, mostrando el cuello.

—¿*Conocen a mi hermana?*

—Ella me habló de ti. Dijo que moriste aquí. Cree que fuiste asesinado. —Rafa se volteó para alcanzar la mochila y sacó el cuaderno de Xavier—. Me dio esto. —Colocó el cuaderno frente al chico y miró a Cash, que parecía estar listo para salir corriendo.

Xavier extendió la mano para tocar el cuaderno y, al hacerlo, su pálida piel adquirió un bronceado oscuro. Los agrietados labios azules se le volvieron de un suave rosa claro. El cabello mojado y enmarañado se volvió castaño oscuro y le cubrió ligeramente los ojos. El cuerpo se le llenó hasta parecerse al niño que Rafa había visto en la fotografía de la Sra. Martin. Xavier recorrió el cuaderno con sus ojos marrones.

—Mis historias de terror.

Rafa se relajó con la repentina transformación del chico.

—Escucha, yo conté la misma historia del celador. Tu hermana también me dio estos cuadernos. Todos contienen historias semejantes escritas por niños. Los traje para dárselos a Tessa, pero necesito encontrar a mi hermana. Se suponía que ella y nuestros amigos estuvieran aquí en este campamento. ¿Los has visto?

—El celador los tiene atrapados en la niebla como si fueran escarabajos en una telaraña.

Rafa sintió que el corazón le daba un vuelco. No podía soportar la idea de que Brianna o cualquiera de sus amigos estuvieran atrapados.

—Tenemos que ayudarlos —instó, aunque tenía ganas de llorar—. Tengo un plan. Creo que debo llevarle todas estas historias a Tessa. Tengo todas las historias que han sido escritas sobre el celador excepto la mía. Mi hermana se la llevó. Tengo que encontrarla primero. ¿Cómo puedo hacerlo?

Cash se puso de pie y miró tímidamente a Xavier.

—Rafa, tal vez el cuaderno esté aquí —dijo, aclarándose la garganta—. Tal vez ella lo haya dejado. —Examinó el suelo y miró alrededor de las tiendas de campaña derrumbadas—. ¿Qué pasó aquí? ¿Tú hiciste esto? —le preguntó a Xavier.

—El celador los cazó uno por uno —dijo Xavier—. Se cubrió de niebla y los succionó de la misma manera que la corriente del río te hala hacia el fondo. Eso fue lo que me pasó a mí. Eso es lo que les pasó a ellos. —Le devolvió el cuaderno a Rafa—. Es demasiado tarde.

Rafa negó con la cabeza. No quería creer que fuera demasiado tarde.

—¿Por qué dices eso? Debe haber una manera de detenerlo —dijo, mientras Cash seguía hurgando entre los escombros—. Has estado tratando de advertirme todo este tiempo. Sé que no quieres que más niños desaparezcan en el bosque. Ayúdanos.

—Cuando vivía con mi familia, escuché una leyenda sobre un celador del parque que se llevó a un grupo de niños. Pensábamos que era una historia para evitar que los niños merodearan por el parque tarde en la noche, pero resultó que era cierta. Conté mi historia durante una luna de sangre, y el celador comenzó a susurrarme en sueños hasta que ya no pude dormir. Una noche seguí sus susurros hasta el bosque. Allí encontré a una niña que me dijo que los susurros cesarían si sacaba su cuaderno del estanque. La niña estaba desesperada por ser libre. Salté al agua. Cuando salí a la superficie, la luna de sangre estaba en el cielo y la noche oscura y fría me envolvió. El celador estaba allí, susurrando: "Uno, dos, viene por ti el celador". Ahora deambulo en pena como los otros.

—¿Hay otros? —preguntó Cash, mirando a su alrededor con cautela.

—Todos estamos atrapados para siempre en este bosque oscuro lleno de niebla, susurros y frío —respondió Xavier con tristeza.

Rafa recordó el haiku de Tessa: "Veme en el parque. Voy a leerte un cuento. Nos hará libres". ¿Era eso lo que quería decir? ¿Encontrar su cuaderno podría liberarlos?

Rafa miró a Cash, y este frunció el ceño y recogió algo del suelo. Era una tablilla de color rosa brillante. Rafa sintió náuseas. Cash se acercó con la cabeza gacha y se la dio.

—Rafa, tiene algo escrito —dijo.

Sobre la tablilla había un mensaje con la letra de Bri en marcador negro.

ESCÓNDETE

20

PATAS SIN GARRAS

Xavier los condujo a través del bosque oscuro. Rafa guardó la tablilla de Brianna en la mochila y siguió avanzando con dificultad, abrumado por la preocupación y la tristeza. Se preguntó si su hermana había dejado la tablilla a propósito o si se la habían arrancado del brazo. Una parte de él quería creer que el mensaje quería decir que ella estaba escondida en algún lugar.

—¿Es posible ocultarse del celador? —preguntó.

—No por mucho tiempo —respondió Xavier—. El celador siempre está vigilando. Este es su reino. Pone trampas por todas partes. Necesitamos continuar. Si nos quedamos en un lugar se lo hacemos demasiado fácil.

Rafa recordó la noche que estuvo con Cash en el bosque. La niebla era densa y las ramas de los árboles caían interponiéndose en el camino.

—Tu hermana me advirtió que no contara historias de terror durante la luna de sangre, pero la ignoré. Ahora mi hermana y mis amigos están pagando por ello.

—Todos sentimos lo mismo, pero el arrepentimiento no va a salvar a tus amigos —respondió Xavier, más sabio de lo que parecía—. Nadie me advirtió sobre la maldición de la luna de sangre. La misma noche que conté la historia del celador, uno de mis amigos contó la del llamador.

—¿Cuál es la del llamador? —preguntó Cash, haciendo una mueca.

Un escalofrío le recorrió la espalda a Rafa. No quería saber de qué se trataba la historia y deseó que Cash no hubiera preguntado.

—No repetiré la historia para no arriesgarnos, pero por muy malo que fuera el llamador, el celador es mucho peor.

—Yo conté una historia sobre Dedo Peludo —admitió Cash—. Desde entonces no he podido dormir. Se cuela por debajo de las sábanas y me rasguña las piernas. Nada lo detenía hasta que Rafa me prestó un amuleto que le regaló tu hermana.

Xavier sonrió levemente ante la mención de su hermana.

—¿Lo tienes contigo?

—Mi mamá me lo quitó esta mañana.

—Qué pena —murmuró Xavier.

—Tu hermana es ahora una famosa psiquiatra infantil —dijo Rafa—. Escribe libros.

Xavier sonrió, y Rafa recordó cómo se sentía cada vez que Brianna llegaba a casa con notas sobresalientes o un premio de la escuela.

Cash dejó escapar un repentino gemido. Se inclinó y recogió algo del suelo. Era el dron de Jayden, y estaba destrozado. Lo metió en la mochila sollozando.

—Cash, vamos a encontrarlos —dijo Rafa—. Mira hacia adelante.

—Nunca pierdes las esperanzas —murmuró Xavier.

—Lo heredé de mi abuela. Su nombre es Esperanza. Ella tampoco pierde las esperanzas. De hecho, tiene demasiadas esperanzas en lo que respecta a Nikki.

—¿Nikki? —preguntó Xavier.

—Nikki es mi mamá, pero una mamá cuida a sus hijos. Ella nunca lo hizo.

—Estás enojado con ella —dijo Xavier suavemente, asintiendo—. Aquí, en este bosque, siempre hay enojo. Eso nos congela. Rafa, el celador lo usará contra ti.

—¿Cómo?

—Ojalá no lo descubras —dijo el chico—. ¿Por qué no me cuentas una historia agradable sobre Nikki?

—¿Una agradable? —dijo Rafa débilmente, observando como el rostro de Xavier fluctuaba entre el bronceado y el azul pálido.

—¿Un recuerdo de cumpleaños, tal vez? —dijo Cash—. ¿O alguna vez que te haya llevado a pedir dulces por Halloween?

Rafa pateó el suelo.

—Creo que tendrías más suerte si Cash cuenta una historia.

—Quiero saber sobre *tu* mamá.

El silencio era sobrecogedor, como si todo el bosque estuviera prestando atención a la conversación. Rafa se esforzó por recordar un momento en el que se hubiera sentido seguro o feliz junto a Nikki. Tras unos minutos, recordó algo que esperó le agradara a Xavier.

—Un día me caí por unas escaleras —comenzó diciendo—. Nikki me llevó a la sala de emergencias. No recuerdo cuánto tiempo estuve inconsciente, pero cuando desperté, Nikki tenía la cabeza gacha y lloraba. Ella no sabía que yo estaba despierto. La escuché prometerle a Dios que sería una mejor madre si me sanaba. Lo repitió varias veces: "Prometo que seré una mejor madre". Cuando vio que yo estaba despierto, me abrazó muy fuerte. Recuerdo haber pensado que todo iba a ser mejor porque ella le había hecho una promesa a Dios —dijo Rafa, y luego se encogió de hombros—. Eso es todo.

—¿Se convirtió en una mejor madre después de eso? —Xavier se detuvo y miró a Rafa con expresión esperanzada.

Rafael vaciló.

—Bueno, si te cuento más, no será un recuerdo agradable.

Xavier frunció el ceño y volvió a concentrarse en el camino.

—Creí que iba a ser mejor.

—Yo también —dijo Cash—. ¿Qué pasó?

—Durante un tiempo cumplió su promesa. Dejó de consumir drogas y nos fuimos a vivir a un motel. Compartíamos panqueques de arándanos en el desayuno casi todos los días, pero luego sus viejos amigos empezaron a llamarla. Un mes después, la arrestaron y nos mudamos con nuestros abuelos.

Xavier se detuvo junto a Rafa.

—Puede que tu madre no sea la persona que quieres o mereces, pero está viva, lo que significa que hay esperanza. Tienes suerte de tenerla todavía. Recuerda eso.

Rafa no supo qué decir. En el fondo no se sentía afortunado. Se sentía exhausto y temeroso de Nikki. Miró al cielo, que se oscurecía cada vez más, y vio que unas nubes negras flotaban sobre sus cabezas. Pensó en Brianna. Si ella estuviera allí, estaría de acuerdo con Xavier. Estaba convencida de que Nikki merecía otra oportunidad. Entonces se dio cuenta, ahora que llevaba la tablilla de Bri en la mochila y que ignoraba si ella estaba a salvo, sus problemas con Nikki le parecían insignificantes.

En ese momento, se escuchó un crujido y algo se arrastró por el suelo. Rafa apuntó con la linterna del teléfono, pero lo que fuera se escabulló por detrás de Cash, que se había detenido a sacar algo de la mochila. Tras unos segundos, el chico gritó y comenzó a golpearse el pantalón como un loco.

—¡Quítamelo! ¡Quítamelo de encima!

Rafa vio un dedo del pie con pelaje marrón grisáceo enmarañado y una uña amarilla y curva que salió del pantalón de Cash y desapareció tras un árbol. Era del tamaño de una tarántula peluda o de una cría de rata.

—¿A dónde se fue? —chilló Cash.

Rafa apuntó con la linterna al pie de un árbol. Todos permanecieron en silencio esperando que el dedo saliera sigilosamente. Tras unos segundos en los que nadie se atrevió siquiera a respirar, se escuchó un gruñido grave y gutural.

—¿Qué fue eso? —susurró Xavier.

—Dedo Peludo —respondió Rafa.

Cash corrió a su lado.

—¿Recuerdas lo que te dije sobre no tocarlo? —susurró.

—Por favor, dime que no lo hiciste —dijo Rafa.

—Puede que lo haya hecho —admitió Cash.

Rafa agarró un palo y lo levantó frente a él como un sable, listo para golpear. Cash también agarró uno. Se oyeron más crujidos y gruñidos detrás del árbol. Cada segundo que pasaba sin saber si Dedo Peludo los atacaría, hacía que los palos parecieran tan pesados como tubos de acero. Rafa apenas podía mantener el suyo derecho.

Una sombra se movió detrás del árbol. Rafa respiró hondo.

—¡Quédate ahí! ¡Te lo advierto! —gritó.

En ese momento, un inmenso jaguar avanzó hacia ellos. De la boca le colgaba el sucio y enmarañado dedo peludo, que se retorcía intentando liberarse. El jaguar sacudió el dedo con saña y luego lo dejó a los pies de Xavier como una ofrenda.

—Balam —jadeó Xavier.

Rafa y Cash saltaron hacia atrás horrorizados. Dedo Peludo salió corriendo, pero no llegó muy lejos. Balam se abalanzó sobre él y lo aplastó con sus gruesas patas.

—Es malvado —le dijo Xavier al jaguar—. ¿Puedes ayudarnos?

El jaguar gruñó. Agarró a Dedo Peludo con los colmillos y lo mordisqueó hasta que el dedo peludo desapareció.

Cash agarró a Rafa del brazo, sumamente pálido.

—Me siento mal —gimió.

—Intenta respirar —dijo Rafa.

El chico recorrió con la mirada a la magnífica bestia, que se erguía sobre unas extremidades fuertes y grandes patas. Aunque mucho más impresionantes eran su enorme mandíbula y sus afilados colmillos blancos. Su pelaje color canela estaba moteado con un centenar de manchas en forma de flores. El gran felino se acercó a Xavier y bajó la cabeza esperando una caricia.

—Tu hermana me habló de Balam y del vínculo que tiene con tu familia —dijo Rafa, deseando poder acariciar también al jaguar—. Quiero decir, nuestra familia.

Xavier le sonrió con complicidad y le hizo un gesto para que se acercara.

—Mientras uno de nosotros esté vivo, él siempre regresará

para protegernos. ¿Por qué no dijiste que éramos familia? —preguntó Xavier.

Rafa se encogió de hombros y se acercó para acariciar a Balam. El pelaje del animal era sedoso, suave y espeso.

—La mayor parte del tiempo tenía miedo de ti. No tuvimos mucho tiempo para charlar.

—Esto podría cambiarlo todo, Rafa. Quizás ahora tengas una oportunidad.

—¿Qué significa eso? —preguntó Cash, todavía pálido por el encuentro con Dedo Peludo.

—Significa que con la ayuda de Balam podemos detener al celador —respondió Rafa.

Xavier señaló unos matorrales.

—No estamos solos.

—¿Patas sin garras? —dijo una vocecilla, que Rafa reconoció enseguida.

—¡Patas, no garras! —respondió.

Nilda y Nora salieron de la espesura. El corazón le dio un vuelco a Rafa, pero luego se le vino el alma a los pies. ¿Dónde estaba Brianna?

21

AL ESTANQUE

Finalmente salió Brianna con sus botas negras. Rafa la abrazó, sintiendo que el corazón le iba a estallar.

—¡Brianna! ¿Estás bien? ¿Estás herida?

—Estoy bien —dijo la chica, extrañamente tranquila, agarrándole la mano a su hermano—. Estabas diciendo la verdad cuando advertiste que había algo malo en el bosque. Jayden desapareció. Todos desaparecieron.

La chica se quedó de pronto en silencio.

—¿Quién es? —preguntó, señalando a Xavier.

—Es Xavier —respondió Rafa—, el hermano pequeño

de la Sra. Martin. Nos está ayudando.

Brianna asintió como si entendiera, y esbozó una leve sonrisa.

—El jaguar está aquí... El jaguar de tu historia, Rafa. ¿Tiene esto algo que ver con lo que nos advirtió la Sra. Martin?

Rafa asintió, pero de pronto tuvo ganas de llorar. ¿Por qué no había escuchado a la Sra. Martin? En retrospectiva, nunca debería haber discutido con su abuela ni haberse marchado esa noche. Si hubiera ayudado a su abuela en lugar de pelear con ella, nada de esto habría sucedido.

Brianna le apretó la mano como si le leyera la mente.

—No es tu culpa.

—¿Qué pasó en el campamento? ¿Puedes decirnos? —preguntó Rafa.

Brianna explicó que, después del almuerzo, algunos chicos y ella se habían ido a volar el dron de Jayden.

—Cuando regresamos, descubrimos que faltaban dos niños. El tío de Cash fue a buscarlos, pero no regresó. Nayeli y otro líder del campamento también desaparecieron. Recordé lo que nos dijiste acerca de un fantasma malvado que venía a buscarnos —dijo Brianna, temblándole la voz—. Mi instinto me dijo que corriera y me escondiera, pero no pude convencerlos a todos. La mayoría quería quedarse allí.

—¿Qué pasó con Jayden?

Nilda y Nora empezaron a sollozar. Brianna respiró hondo.

—Primero vimos la niebla y luego apareció un hombre. Tenía ojos brillantes y susurró una rima: "Uno, dos, viene por ti el celador". Escuché a Jayden gritar y luego no lo vi más. Escuché más gritos y salimos corriendo. Nos metimos en el hueco de un árbol. Estábamos escondidas allí cuando apareció el jaguar.

—Pensamos que nos mataría, pero se sentó frente al árbol hasta que la niebla desapareció —dijo Nilda.

Brianna observó el collar de cuero dorado del jaguar, que decía "Balam".

—Rafa, es el gato de la Sra. Martin. El protector, ¿recuerdas?

—Lo sé —dijo Rafa, y deseó de todo corazón poder hacer algo para salvar a sus amigos—. ¿Todavía tienes mi cuaderno?

Brianna sacó el cuaderno de su mochila y se lo dio.

—Tenemos que sacarlas de aquí. Cash puede guiarlas —dijo Rafa.

—No podemos separarnos —argumentó Cash.

—No estoy dispuesto a correr el riesgo de que desaparezcan —dijo Rafa—. Tenemos que encontrar a Tessa y detener al celador.

—Rafa, quiero quedarme contigo —dijo Brianna.

—Yo también —dijo Nilda—. No nos iremos sin Jayden y Nayeli.

Rafa negó con la cabeza. Su prioridad era mantener a Brianna a salvo.

—No podemos arriesgarnos.

—Rafa —dijo Brianna—, cuando Balam nos estaba cuidando, pensé en todas las veces en que me has protegido. Me di cuenta de lo difícil que ha sido para ti velar por nosotros dos. No es justo.

—No me importa. Soy tu hermano.

—Y yo soy tu hermana. No tienes que pelear todas las batallas solo.

—Está bien —dijo Rafa, conmovido por las palabras de su hermanita, pero sin estar del todo seguro. Se volvió hacia Xavier—. ¿Cómo podemos encontrar a Tessa?

—Sigamos adelante. Ella nos encontrará.

Balam y Xavier echaron a andar entre los árboles y la maleza. No había señales de otras personas. Tras unos minutos, Balam se detuvo, observando la niebla que se deslizaba entre los árboles.

El jaguar dejó escapar un gruñido y mostró sus afilados colmillos.

—Está aquí —susurró Brianna cuando la niebla los rodeó.

Rafa haló a su hermana hacia sí.

—¡Corran! —gritó Xavier—. ¡No se detengan!

Rafa y Brianna echaron a correr, pero Nilda y Nora lanzaron un grito. Rafa se volteó para ver qué pasaba, y en ese momento vio como la niebla envolvía a las hermanas. Brianna corrió a ayudar, pero fue demasiado tarde. La niebla se llevó a Nora y a Nilda, silenciando sus gritos. Rafa volvió a halar a Brianna hacia sí. Cash corría a toda velocidad delante de ellos. Avanzaron corriendo por el bosque, y a cada rato Balam se quedaba atrás para gruñirle a la niebla que cubría todo a su paso. De repente, escucharon que el jaguar soltaba un quejido.

—¡Tenemos que ayudarlo! —gritó Brianna, alejándose de Rafa.

—¡No, Brianna! ¡Detente! —protestó Rafa, halando a su hermana—. Tenemos que llegar al estanque. Es la única manera de salvarlos a todos.

A pesar de lo que le había dicho a su hermana, Rafa disminuyó la velocidad y miró hacia atrás, pero ya no vio a Balam.

—¡Rafa! ¡La veo! —gritó Cash unos metros delante.

Siguieron corriendo, esquivando arbustos espinosos y ramas retorcidas. Rafa volvió a mirar hacia atrás. La niebla susurrante iba ganando terreno. De repente, sintió que sus pies resbalaban y cayó por una pendiente pronunciada. Todos aterrizaron junto a él en un charco de fango. Rafa se puso de pie primero y luego ayudó a su hermana a levantarse. Cash gimió, frotándose la cabeza.

Xavier no se veía por ningún lado.

—¡Xavier! —gritó Rafa.

—Estoy aquí —murmuró el niño.

Rafa lo encontró desplomado junto a un cartel de madera que decía: "TE ESTOY VIGILANDO".

—El cartel —dijo Xavier—. Esto es lo más lejos que puedo llegar.

—Entiendo —dijo Rafa, asintiendo.

—Escúchame, Rafa. Cuando morí, Balam era solo un gatito. Intentó salvarme, pero esa noche él también murió —explicó Xavier con tristeza—. Ahora que ha vuelto como jaguar, puede moverse entre el mundo de los vivos y los muertos. Él es el único que te puede ayudar a detener al celador.

—Pero ¿dónde está? —preguntó Rafa, mirando a su alrededor. La última vez que supo del jaguar fue cuando lo escuchó gemir de dolor—. ¿Y si...?

—No te preocupes. Siempre encontrará a alguien de la familia —dijo Xavier, y se desvaneció, dejándolos solos.

Rafa, Brianna y Cash treparon por la pendiente hasta llegar

al borde del estanque, donde Tessa sollozaba cubriéndose el rostro entre las manos.

Brianna se estremeció.

—Es Tessa —le dijo Rafa—. Ella puede ayudarnos a detener al celador.

Se acercaron a la niña, que enseguida señaló hacia la superficie del agua.

—Tiré mi cuaderno al estanque. ¿Puedes ir a buscarlo?

—Tessa, ¿por qué necesitas tanto tu cuaderno? —preguntó Rafa—. No voy a saltar al estanque hasta que me des una respuesta. ¿Qué es lo que tiene?

—El final de su historia —respondió ella.

—¿A qué te refieres? —preguntó Cash.

—Una noche de verano, cuando la luna de sangre brillaba en el cielo, hice una rima sobre el celador del parque para mis amigas. "Uno, dos, viene por ti el celador. Tres, cuatro, te ahogarás en el charco. Cinco, seis, flotarás al revés. Siete, ocho, tu tiempo se ha hecho corto. Nueve, diez, al celador ya lo ves".

Rafa y Cash intercambiaron una mirada. Era la misma rima que el primero había incluido en su historia de terror.

—No sabía que al contar la historia lo despertaría y que comenzaría a perseguirnos —continuó Tessa—. Una de mis amigas murió la noche después de que leí la rima. Dijeron que era sonámbula. Cayó a un estanque y murió. Pero yo sabía que la culpa era del celador. Para detenerlo, encontré el estanque y arrojé en él mi cuaderno. Esperaba que eso detuviera la historia, y por lo tanto a él, pero no fue así. Luego vino por mí. Ahora la historia está estancada y se repite cada luna de sangre. No hay manera de darle a mi rima un final diferente, pero tú puedes hacerlo, Rafa. Puedes terminar tu historia de una manera que lo detenga.

Rafa pensó en todas las veces que su abuela lo había animado a escribir sus pesadillas y darles un final esperanzador. Ahora Tessa le estaba diciendo que podía terminar la historia de una manera que salvara a sus amigos y detuviera al celador para siempre.

"¿Sería posible?", pensó.

—Eres el último narrador. Solo puedes hacerlo tú.

—Lo haré —dijo Rafa, tirando la mochila al suelo y quitándose los zapatos y las medias.

Miró alrededor del claro, esperando ver a Balam, pero no había señales del jaguar.

Brianna lo haló.

—Rafa, no creo que debas hacerlo.

—Deberías esperar a Balam —dijo Cash.

—Tengo que hacerlo ahora —respondió Rafa, dándole a

Brianna su teléfono—. Puede que sea la única manera de detener la maldición.

—Si veo algo extraño, iré detrás de ti —dijo Cash.

—No. —Rafa negó con la cabeza—. Pase lo que pase, saca a Brianna de aquí. ¿Me lo prometes?

Cash asintió.

Rafa sacó los cuadernos de la mochila y se los entregó a Tessa.

—Creo que los necesitarás.

Dio un paso hacia el borde del estanque verde oscuro y respiró hondo varias veces. *Inhala. Exhala.*

Se internó en el estanque, los pies descalzos se le hundieron en el suelo fangoso. Cuando el agua turbia le llegó a la cintura, se detuvo y se volteó a mirar a Brianna y a Cash. Cash lo saludó con la mano y Brianna le sonrió. Rafa respiró hondo y se sumergió. Entonces fue nadando hasta el fondo del estanque.

A pesar de la oscuridad, vio el cuaderno que destacaba en el fondo fangoso. Rafa lo recogió y se le deshizo en las manos. Sacó los últimos pedazos y nadó a la superficie.

Sintió un escalofrío. Miró al borde del estanque, donde había dejado a Brianna y a Cash, pero ya no estaban allí. Ahora se encontraba completamente solo.

22

TODAS LAS HISTORIAS DE TERROR DEBEN TERMINAR

En la superficie del estanque, Rafa vio el reflejo de la luna de sangre que brillaba sobre él. ¿Había estado ahí todo este tiempo? No, él sabía que no era así. Ahora se hallaba en otro lugar. Un lugar frío donde acechaba el mal. Podía sentirlo en el aire helado.

Sabía que tenía que continuar, pero se sumergió en el agua tibia para evitar el aire frío que hacía que le castañetearan los dientes y le hormiguearan la cara y las orejas. El agua le calentó el cuerpo, y deseó poder quedarse allí y no tener que enfrentar el aire gélido de la superficie, pero entonces una voz distante lo llamó.

—¡Brianna! —gritó él a modo de respuesta—. ¡Estoy aquí!

Salió del estanque, empapado hasta los huesos. Intentó ponerse de pie y un frío escalofriante casi lo derriba. Salir del estanque había sido como entrar en un congelador con la ropa mojada. Temblaba de pies a cabeza. Parpadeó y vio un reguero de zapatos esparcidos por la orilla del estanque. El corazón le martilleó en el pecho. ¡Eran zapatos de niños pequeños!

—¡Brianna! ¡Cash! —gritó, presa del pánico.

Examinó los zapatos y sintió alivio al ver que las botas militares de Brianna no estaban allí. El miedo helado se aferraba a él, pero logró arrastrarse hasta un par de tenis que parecían quedarle bien y se los puso de inmediato. Estaban húmedos, pero era mejor que andar descalzo.

—¿Qué hago ahora? —murmuró.

Agarró el cuaderno empapado de Tessa y supo que necesitaría los otros cuadernos, pero no los encontró por ningún lado. El corazón se le aceleró. ¿Cómo podría detener al celador sin los demás cuadernos? Los buscó bajo la tenue luz de la luna de sangre, y entonces un rizo de niebla pasó junto a él. El estómago se le retorció de miedo.

"¿Sería demasiado tarde?".

Se quedó quieto mientras la niebla se cernía sobre él y las

voces de los niños comenzaron a susurrar: "Uno dos, viene por ti el celador... Tres cuatro, te ahogarás en el charco...".

El corazón le latía con fuerza y cada molécula de su cuerpo le decía que corriera. Pero ¿a dónde? ¿A dónde se suponía que debía correr? Ni siquiera tenía idea de dónde estaba.

—Es demasiado tarde para ti, narrador —susurró el celador, emergiendo de la niebla y transformándose en una figura alta y vaporosa que flotaba en dirección al chico.

Rafa retrocedió, temblando tanto de frío como de terror. El cuaderno de Tessa se le cayó de las manos temblorosas, y antes de que pudiera recogerlo se deslizó hasta el celador.

El espectro de cara alargada y ojos brillantes sostenía ahora todos los cuadernos entre sus manos nudosas.

—Historias de terror. Historias de terror —murmuró con una voz escalofriante—. A todos los niños les encantan las historias de terror.

—Esos cuadernos son m-m-míos —tartamudeó Rafa. Había tanto frío que podía ver el aliento blanco salir de su boca y tenía las piernas y las manos entumecidas, pero aun así extendió los brazos para arrancarle los cuadernos al celador—. Dámelos.

—Toda tu vida ha sido una historia de terror, Rafael

Fuentes. Y todas las historias de terror terminan en la oscuridad y el dolor —siseó el celador—. Tu historia es mía ahora y he planeado un final para ti.

—¡No! —gritó Rafa desafiante, viendo que otra sombra se movía en la oscuridad detrás del espectro—. No puedes inventarme un final. Solo yo puedo hacerlo.

Rafa sintió que algo lo elevaba en el aire. Gimió cuando una mano invisible le apretó la garganta. Se retorció de dolor, pateando e intentando liberarse. El celador lo arrastró hacia el estanque.

—No —gimió el chico.

Nunca más volvería a ver a Brianna. Nunca más volvería a ver a sus abuelos. Exhaló un breve y doloroso suspiro. Nunca más volvería a ver a Nikki.

Las lágrimas brotaron de sus ojos y una ráfaga de aire frío pasó junto a él produciendo un ligero tintineo que le recordó los villancicos, las campanillas de viento y, sobre todo, a Balam.

—Balam —gritó.

El enorme gato lo miró a los ojos y saltó a la carga.

Rafa cerró los ojos y se preparó para el impacto. El gran felino se abalanzó sobre ellos como un mazazo. Rafa cayó al frío suelo, libre de las garras del celador, y se alejó reptando. Cuando levantó la vista, Balam tenía al celador entre sus poderosas mandíbulas y lo arrastraba hacia el estanque. El jaguar se volteó para mirar a Rafa como diciendo: "¡Adelante!".

Rafa se apresuró a recoger los cuadernos del suelo lo más rápido que pudo. No estaba seguro de estar haciendo lo correcto, pero instintivamente sintió que tenía que apilarlos en orden. Puso el suyo encima y lo abrió en la página de la historia. Escuchó la voz de su abuela en la cabeza: "Dale un final esperanzador". Entonces vio lo que había escrito Brianna en la parte superior de la página.

¡Petrificante! ¿Por qué no escribiste un final feliz? ¿Qué pasó con el niño valiente en el estanque? ¿No regresa al final?

Rafa respiró hondo.

—El niño valiente que saltó al estanque no se había ido... —dijo Rafa en voz alta; le castañeteaban los dientes—. Estaba esperando el momento adecuado para detener al celador de una vez y por todas. Salió solo del estanque, pero no estaba solo. Lo acompañaban el amor de sus abuelos y la confianza de su hermana. Más importante aún, tenía esperanzas. —Su voz se hacía más fuerte a medida que se desarrollaba el final de la historia—. Bajo la luna de sangre, el chico se enfrentó al celador: "No puedes sepultar la historia de Tessa, y tampoco puedes decidir nuestro final". En ese momento, un poderoso jaguar surgió de las sombras y se abalanzó sobre el celador. Le clavó los colmillos de acero en el cráneo al espectro, acabando con él de una vez y por todas. El jaguar arrojó al celador al estanque y este nunca más volvió a perseguir a los niños del Parque de Grainsville. El niño regresó con su familia y sus amigos. Fin.

Se escuchó un fuerte chapoteo. Al principio, Rafa no se atrevió a mirar, pero luego no pudo evitarlo. Levantó la vista y vio que el celador se hundía en el estanque, vigilado por Balam, que permanecía en la orilla como una de las estatuas de bronce de la Sra. Martin.

—Balam —lo llamó Rafa—, ¿realmente se acabó?

El jaguar se le acercó. El estanque se arremolinó hasta convertirse en una especie de embudo. A medida que se elevaba, iba succionando el agua hasta quedar completamente seco. Alrededor, las ramas de los árboles crujieron y cayeron al torbellino, que también barrió los zapatos. Finalmente, los cuadernos salieron volando de las manos de Rafa hasta adentrarse en el remolino como una bandada de pájaros negros.

El torbellino fue haciéndose cada vez más poderoso, tragándolo todo. Rafa se agachó y se cubrió la cabeza con las manos. Lo siguiente que supo fue que Balam lo cubría, clavando sus garras en la tierra para protegerlo del viento que los azotaba como un látigo. El jaguar comenzó a sucumbir a la fuerza del torbellino, pero Rafa lo sujetó por las patas delanteras.

—¡Aguanta, Balam! —gritó con todas sus fuerzas.

Bajo el calor del jaguar, Rafa vio que el torbellino se elevaba hasta atravesar las nubes como un rascacielos. Luego, con una chispa en medio del cielo oscuro, desapareció.

El jaguar se incorporó, permitiendo que Rafa se sentara. Juntos contemplaron como la luna de sangre se desvanecía y el sol se alzaba sobre los árboles. Frente a ellos, el estanque cedió lugar a un campo de flores moradas y violetas. Balam se restregó cariñosamente contra el chico.

—Gracias, Balam —dijo Rafa, abrazando al jaguar y restregando el rostro contra el cuello del animal—. Creo que finalmente se ha ido.

—¡Rafa! —gritó Brianna, saliendo del bosque junto a Cash.

Con las piernas aún temblorosas, Rafa avanzó hasta ellos con Balam a su lado. Brianna también se acercó y lo abrazó.

—¡Pensamos que te habíamos perdido! —dijo—. No volviste a salir. Estábamos muy asustados.

Cash se apresuró a darle un abrazo.

—¿Dónde estabas?

—No lo sé, pero el celador se ha ido.

De repente, escucharon risas provenientes del bosque. Xavier y Tessa los esperaban junto a otros tres niños. Rafa supuso que debían ser Aisha, Noah e Isabel, los otros chicos que habían escrito la historia del celador. Xavier se le acercó con una gran sonrisa.

—Lo lograste.

—Solo con la ayuda de Balam —dijo Rafa.

—Ahora nos vamos —dijo Xavier—. Gracias. —Comenzó a alejarse y se detuvo—. Por favor, dile a mi hermana que ya no tiene de qué preocuparse. Voy a estar con nuestros padres.

—Así lo haré —dijo Rafa.

Balam caminó junto a Xavier como si también se marchara.

—¡Espera! —gritó Rafa, presa del pánico—. ¿Balam se va contigo?

Xavier negó con la cabeza.

—Solo quiere acompañarme.

—Pero regresará, ¿verdad?

—Él siempre regresa con la familia. Podría ser mañana o en cinco años. Los gatos se toman su tiempo.

Rafa le tomó la cabeza con las manos a Balam, deseando que el jaguar no esperara cinco años.

—Balam, encuentra el camino de regreso a casa. Te estaremos esperando.

Brianna se enjugó las lágrimas y le plantó un beso en la cabeza al jaguar, que luego regresó junto a Xavier y a los otros niños.

—¿Y nuestros amigos? —gritó Rafa—. ¿Están bien?

Tessa y Xavier se dieron vuelta mientras los otros niños desaparecían, y saludaron una vez más. El teléfono de Rafa sonó.

> Vayan al parque.
> Tus amigos te esperan.
> Otro comienzo.

—¿Eso significa lo que creo que significa? —preguntó Cash, inclinándose para leer el mensaje.

—Eso espero —dijo Rafa.

Los tres atravesaron el bosque, exhaustos, pero con la esperanza de que sus amigos estuvieran a salvo. Al acercarse al campamento, escucharon voces familiares y echaron a correr. Todos sus amigos estaban ocupados limpiando el desorden.

—¡Jayden! —gritó Rafa, corriendo hacia él.

—¡Hermano! ¿Viniste a ayudarnos a limpiar? —Su amigo lo abrazó y lo levantó del suelo.

—¿Qué pasó? —preguntó Rafa al ver al tío de Cash y a Nayeli hablando con los guardaparques.

Jayden lo miró con curiosidad.

—Pensé que por eso habías venido. Un tornado destrozó el campamento. Afortunadamente nadie salió herido. Todos corrimos. La última vez que vi a Brianna, estaba con mis hermanas corriendo hacia el bosque. ¡Me alegro mucho de verte, chica! —dijo, abrazando a Brianna.

—¡Brianna! —chillaron Nilda y Nora, acercándose y uniéndose al abrazo.

Otras dos chicas se acercaron, apartando a Rafa y aferrándose a Brianna. Rafa no estaba seguro, pero se parecían a las chicas de la librería.

—Me alegra que hayas venido —dijo Jayden mirando a Rafa—. Iremos todos a mi casa a comer pizza. Después de lo que hemos pasado, ¡toca una pizza! Oigan, ¿ven los perritos en las ramas de los árboles? ¡Afortunadamente, salvé los malvaviscos! Otro milagro de San Jayden.

Rafa y Cash siguieron a su amigo, que les entregó unas bolsas de basura.

Cash le dio un codazo a Rafa.

—No recuerdan nada.

Las chicas detrás de ellos agradecían repetidamente a Brianna por salvarlas, mencionando algo de refugiarse en una zanja. Brianna parecía confundida, pero asentía a todo.

—Quizás sea mejor así —dijo Rafa.

—¿Crees que algún día volverás a contar otra historia de terror?

Rafa dejó la pregunta en el aire unos segundos mientras recogía la basura.

—Primero voy a necesitar un cuaderno nuevo.

23

PANQUEQUES DE ARÁNDANO

Cinco días después, Rafa y Brianna contemplaban el bosque desde la cima del castillo en el área de juegos del parque.

—¿Por qué cree la Sra. Martin que Balam aparecerá hoy? —preguntó Brianna.

—Porque tenemos su golosina favorita —respondió Rafa, agitando una bolsa llena de croquetas para gatos—. Además, anoche soñó con él.

La Sra. Martin había tenido razón acerca de Balam. Era un gato protector, y siempre había regresado a casa. Xavier había dicho lo mismo. Rafa contaba con ello.

—Espero que tenga razón —dijo Brianna en voz baja.

Rafa la rodeó con un brazo, agradecido de que estuviera a salvo. En los últimos días, su recuerdo del horror vivido en el bosque se había ido desvaneciendo. Se acordaba de Balam y eso era todo. Cash recordaba casi tanto como Rafa. Además, a medida que fueron desapareciendo los rasguños de sus piernas, también lo hizo el recuerdo de Dedo Peludo. Los otros chicos que habían ido al campamento, como Jayden, solo recordaban haber huido de un tornado. Solo Rafa sabía en realidad lo que había sucedido.

Sin embargo, con cada hora que pasaba, sentía que comenzaba a olvidar los detalles. No podía recordar por qué el banco del parque infantil lo hacía sonreír o cómo había perdido el cuaderno de historias de terror, pero recordaba que Balam se había convertido en jaguar y lo había salvado. El chico aceptó que Brianna y el resto no recordaran lo sucedido. Lo que había que recordar era no volver a contar nunca más una historia de terror bajo una luna de sangre, aun cuando el celador se hubiera ido para siempre.

—¿Alguna señal de Balam? —gritó Jayden desde abajo.

Jayden y Cash acababan de llegar al parque en sus bicicletas, que estacionaron junto a las bicicletas nuevas de Brianna y de Rafa, regalo de la Sra. Martin. Rafa la había visitado todos los días mientras se recuperaba. Le había contado lo sucedido en el bosque antes de que se le olvidaran los detalles. Cuando terminó la historia, la Sra. Martin le regaló un cuaderno nuevo, que por ahora el chico mantenía en blanco debajo del colchón.

—Negativo —respondió Rafa.

—¡Ven, gatito, gatito! —gritó Cash en un tono agudo, haciendo reír a todos.

Pasados unos minutos más, Brianna dejó escapar un suspiro.

—¿Deberíamos intentarlo de nuevo después del desayuno?

Rafa asintió.

—Tal vez necesite más tiempo. —Se deslizó por el tobogán del castillo y Brianna lo siguió.

Se reunieron con sus amigos e intercambiaron saludos y abrazos.

—¿Cómo van las cosas con tu mamá? —preguntó Jayden.

Brianna sonrió de oreja a oreja.

—Anoche nos quedamos despiertos jugando Uno y escuchando discos viejos. Fue divertido.

—¿Y tú? —preguntó Cash, dándole un empujoncito a Rafa.

El chico se encogió de hombros.

—Lo está intentando. Hoy está preparando un desayuno especial. ¿Vienen?

Sus amigos asintieron con entusiasmo y se dirigieron a las bicicletas.

Cuando Rafa montó la suya, escuchó un tintineo. De entre la oscuridad de los árboles salió al sol un gatito marrón y negro con un collar dorado con un cascabel.

—¡Balam! —exclamó Brianna feliz.

La chica corrió, cargó al gato y lo acurrucó. Rafa se acercó y lo envolvió en su sudadera. Luego lo metió en la cesta de la bicicleta de su hermana. Los chicos se pusieron en marcha muy contentos, acompañados del ronroneo de Balam.

Al llegar a casa, el dulce aroma a panqueques proveniente de la cocina se sentía en el portal. Brianna le sonrió a su hermano.

—Rafa, ¿hueles?

—¿Mamá hizo panqueques de arándanos?

Brianna abrió los ojos sorprendida.

—La llamaste "mamá".

Rafa se encogió de hombros y sonrió.

—Estoy trabajando en mis finales felices.

AGRADECIMIENTOS

Desde que era niña me encantaba leer historias de terror. Tener la oportunidad de escribir *La luna embrujada* es un sueño hecho realidad que no habría sido posible sin la guía de algunas personas muy talentosas. Un agradecimiento especial a mi editora, Anna Bloom, y a todos en Scholastic por ver el potencial de esta historia y confiar en que podía realizar este nuevo proyecto. Toda mi admiración a la artista Melissa Castillo por la espeluznante portada.

Muchas gracias a mi agente, Adriana Domínguez, y a todos en Aevitas Creative Management. Me siento muy agradecida de tenerlos de mi lado. Mi agradecimiento al equipo de Pancake Combo por su crítica reflexiva de los primeros borradores: Lisa Cindrich, Vicki Dixon, Natasha Hanova y Shannon Thompson. Mi eterna gratitud a mis jóvenes editores, que leyeron los primeros nueve capítulos y me ofrecieron comentarios útiles y aliento: Adriana, Andrew, Lia, Roman y Rosie.

Gracias a mis padres y a mis hermanos por estar ahí cuando

necesitaba risas y un plato de tacos de pollo: Rio, Lorenzo y Enrique. Un gran abrazo a todos mis antiguos profesores, a mis compañeros de clase, a mis compañeros amantes de la lectura y a las amigas que me animaron a seguir escribiendo.

Un gran abrazo a todos los jaguares que protegen a los niños. Un agradecimiento adicional a todos los abuelos que brindan un hogar seguro y amoroso a sus nietos.

Un reconocimiento especial a mi esposo por darme amor y espacio para escribir todo lo que siento.

Finalmente, gracias a ustedes, queridos lectores y amantes de los libros, por tomarse el tiempo de leer estos agradecimientos. Espero que disfruten este libro y sigan descubriendo libros aterradores y no tan aterradores para leer.

SOBRE LA AUTORA

Angela Cervantes es la autora de las populares novelas *Lety alza su voz*, Libro de Honor del premio Pura Belpré 2020; *Frida, el misterio del anillo del pavo real y yo*; *Gaby, perdida y encontrada*; y *Allie, ganadora por fin*. Además de sus novelas originales, Angela es autora de la novelización de las películas animadas *Coco*, de Disney/Pixar, y *Encanto*, de Disney. Angela creció en Topeka, Kansas, donde disfrutaba contándoles historias de terror a sus amigas. Continúa viviendo y escribiendo desde su casa en Kansas. Cuando no está escribiendo, a Angela le gusta leer, correr, contemplar las nubes y aprovechar los martes de tacos dondequiera que esté. Para obtener más información sobre Angela y sus libros, visítala en angelacervantes.com.